童偉格

童年松

西北雨

童偉格
——
著

目次

新版序——5
卷首——7
卷上——19
卷下——133
（代跋）贖回最初依偎時光　駱以軍——236
（附錄）細語慢言話小說——陳淑瑤對談童偉格——244

新版序

文學話語的命運難料，也許最可能的，只是無人再去解讀，形同不曾存在過。十二年後，《西北雨》能以新版面世，我深感幸運，也為它高興。就像確實，看見一部原是為了忘卻而寫的書，脫離作者為它設下的目的論，自領了時間。另一方面，我也更覺陌異，好像與它再更遠隔了。

如今我明瞭：說不定，所謂藉由寫作來遺忘，本來，就是個挺虛妄的想法。實因的確，自《西北雨》成書以來，我始終沒有自己重讀一遍，也極少，再去回想從前的寫作狀態——除非因為被迫，或為了盡最起碼的說明義務。然而，那場喑啞幻夢，或寂然熱病，似乎就隨字句敲打，更永久蟄藏在我心中了。是以，我總懷疑書寫，對作者的療效。我自知今日的我，不免，總是來自往昔那個病夢中的我。這個今我無法重閱昔我，卻也以自己方式，默存了關於《西北雨》，那些終不成文的片段。

我猶記得初始，這個笨拙的自我許諾：想像自己，是將幕拉下，在無人能見的舞台上，重新學習步行。想像某個無窗暗房裡，該當，會令朋友竊喜的浮塵與萍藻。想像他的「西北雨」篇章裡，全然留白的雨瀑。如今我理解這是眞的：某些時候，人想自爲的那種遺忘，其具體步驟，果然，只能是逐步的擬態。

然而，事實同樣也是：將近二十年過去，我還是害怕自己輕率，但望彼時，以此書去思索他的創作時，自己是愼重的。但願後來的時間，使我得所餘裕，再思朋友畫下的界限。但願再更後來的時間，教會我去放心僭越，卻不負朋友的留贈。

這是說：倘若《西北雨》不能成就遺忘，那麼，多年以後，我樂見它，成爲記憶的索引。因爲在它自領的時間裡，我開始，年長於這位朋友，也只會逐年更愈年長了。有時，我還會想起從前，他領我去印刷廠，見識一本書的生成。那時我以爲自己知道：原來一本書，不是一個人的事。一本書，事關那麼多人的耐心與善意。但其實，要眞的理解這些，最初的那名作者，還需要更多年的過渡與自省。

是以，我想感謝過去與未來，所有《西北雨》的解讀者。

這也是第一次，我想祝福這本書。

卷首

別擔心。如果人們再問起，我會說謊，說我還記得那天世界的樣子。陽光穿透雨後的雲層，由遠至近，斜斜灑落好幾束光。強風起歇，分隔島上的雜草叢，不時翻露出蒼黃的肚腹。行道樹的枝葉飄搖，蟬聲像海潮，有時明亮，有時隱退。

那是六月裡的一個星期四。下午，我跟著放學路隊走出小學校門。我拉著書包的拉桿，像拖著登機箱，刻意慢吞吞磕著人行道的地磚，往路隊後頭蹭。經過幾個十字路口，路隊流散了。我收起拉桿，背上書包，開始狂奔。

那一天，我滿十歲了。

我想去找我母親。生平第一次，我主動去拜訪她。

在這個世界上，我認識的第一個活人，是我的母親。

我認識的第一個死人，也是我的母親。

從我剛學會走路開始，每月的第二和第四個星期日，我母親會從死裡復活，到我祖父家來，把我接出門。

那些日子，我總醒得早。我躺在床上，抱著我母親送我的一輛模型車——我記得是輛黃色的垃圾車——張著眼，看晨光亮起，等待我母親前來，將門鈴撳響。

在我身邊，睡著我父親。他喝醉了。他常常是醉的，但每個星期六晚上，他會醉得特別老實。於是在我母親復活的那些早晨，他總睡得像一把石鑄的弓，在四周被他壓沉、摟緊的空氣裡，獨自靜靜作著夢。

在我父親和我的臥房外，總一同早睡、一同早起的我祖父祖母，如今一同在客廳裡遊走。我祖父在溫吞吞做著長生操。我祖母在掃地，撢灰塵，戴上老花眼鏡記帳，用一個早晨清算一整個星期。

出客廳，橫過走道，在另兩間臥房裡，分別睡著雙胞胎一般的我姑姑和我叔叔。我姑姑戴著髮網、眼罩，鏗鏗鏘鏘磨著牙套。我叔叔將打著石膏的左腿高高架起，以一種眞空狀態下才能達成的睡姿，在床上辛勤補眠。

在這間位於城市二樓的房子裡，光線幽暗，一盞燈都未點亮。

因爲我的家族，向來是崇尚儉省的。

我的家族，以各種自信且爲人稱許的方式，在這座城市裡兀自繁衍多代了。

偌久以前，我的一個遠祖——就說是我曾曾祖母吧——死了，她的魂魄飄蕩到城市的光罩下，四望，卻找不到一處裂縫，找不到一個連接冥界的入口。

她無法，只好返回我的家族裡來。

我的家族是如此地愛整潔，因此當我曾曾祖母飄蕩回來時，她會發現她的屍體早已被我們燒除了。她最後所居住的房間，以及她生前在房裡積存的一切，已經被我們謀分殆盡了。她找不到自己的軀殼，甚至找不到一套舊衣服，包裹她的魂魄，讓她僞裝成一個活人，行在我們之中。

我們召開家庭會議，左挪右移，好不容易騰出一彎廢棄的掛勾，讓我曾曾祖母的魂魄，得以像一幅壁畫，鎮日高掛在牆上。

日光曝傷她，夜露敷療她。一隻圖謀不軌的壁虎時時跑來搔聞她。一面不停奔走的大鐘刻刻以聲音卡榫她。我曾曾祖母的魂魄已經不會流淚了，在她那無事可爲，無路可去的漫長死期裡，她只是公然對著我們，不停發放一種半似悲鳴，半似淫叫的電波。

我們再次召開家庭會議，商討讓她平靜下來的辦法。

我們是如此一個自信、儉省而整潔的家族，我們決議無聲地、集體消化這個自我的家族逸出的亡靈。我們決定，從今以後，我們這些尚存活著的後輩，每人必須輪流讓出一點時間，讓出身體，借給我的曾曾祖母用，讓她得以將自己化整爲零，輾轉流離，與我的家族共長存。

後來，當我的曾祖一輩陸續凋零後，我們也如此一一收容他們。

我們有了一項新的美德：團結。

一定是自那時起，我家族中的每個人，即令在此城中開枝散葉，分房別居後，或多或少都仍保有拼裝車般的神似了。

每逢星期六，當夕陽落下，此城燈火會一一亮起，在四方天際線邊，形成一個粉紅色的——也就是那種曾經困住我曾曾祖母魂魄的——光罩，像是此城將自己隔離起來，不再有人可以離開了。

那時，自我祖父血脈以下的我們一家，會由我祖父領著，一起出門。

我們走下二樓，過馬路，到對面王瘦子餃子館聚餐。我們圍圓桌坐定，將六份菜單全交給我祖父，由他一氣點好大碗麵、大盤餃子、大盆湯與大堆小菜。我們是這般一個自信、儉省、整潔且團結的家族，我們總將麵餃湯菜分著吃，所有人每樣都吃。唏哩呼嚕，匙筷交錯，像在祭饗殘存在我們身體裡，所有祖先的亡靈。

然後我們一起，由我祖父領著，過馬路，爬上二樓，走回家。

在客廳，我們一起看完電視，一起看完我祖父層層鎖好三大道鋼門，然後解散，各自回去各自的房裡。我們肚裡脹氣，一口一口各自吐出菜湯餃麵雜合的氣味，像是那些殘缺的祖先，全都被我們釋出塊魂來了。

在我身邊，我父親從衣櫥底挖出私藏的酒，一口一口對壁獨酌。

橫過走道，在另些臥房裡，我祖父祖母一起爬上床，比賽誰先淺眠開來。

我姑姑上髮網、上眼罩、上牙套，看能不能將青春再封存一日。

我叔叔四肢並舉，像一張翻倒的神桌，由眾靈莊嚴地扶持上床。他記不住自己此刻摔斷的是哪一肢了，因爲他已經不是第一次爲了能出去遊蕩，讓自己像頭旅鼠一樣，從二樓陽台跳離我們家了。

夜深了。我的家族——活的與死的都——各自靜默了。

那就是在我母親復活之前，我的家族在世界裡的樣子。

我們很少想起她。

我們很少特別想起任何並不在場的人。

然後，天亮了，在那三大道鋼門外，門鈴被輕輕撳響了。

我獨自起身，穿好外出的衣物——格子短襯衫、吊帶短褲、紅領結、白襪子——推開門，走進幽暗的客廳裡。我看見剛復活的我母親，與我的祖父祖母，嚴肅地坐成一個正三角形，像陌生人一般低聲交談。

總像過了半輩子那麼久，我母親終於牽起我的手，將我領出門。步下樓梯時我們風一般快跑，膝蓋像是即刻就要化掉了。

那些星期日，無論晴天、雨天，我母親總是特地陪我遊玩。幾乎就像手裡有著一張城市觀光地圖，我母親與我，異地來的遊客般，將圖上所有景點，一一地、專誠地勾消殆盡。

我們甚至曾在大雨中，轉了幾趟公車，去到故宮博物院看瓷器展。

博物院裡的空調很強，瓷器很安靜。我覺得既冷又悶，但我沒有對我母親說。我們彼此陪伴著，耐心看完了五百年來的各式瓷器，直到所有的花瓶，在我看來，都像是骨董了。

那時，我像是七歲的樣子。如果我是七歲，我母親就是二十九歲了。

我們一起坐在博物院長廊的椅凳上歇腿，看山雨、看城市的輪廓，看比我們蒼老太多了的一切事景，既不是生、也不是死地那樣存在，像是一切都毫無問題，也永遠不會感到疲累。

那是要在很久以後，我才明白，何以大多數的城市人，都認爲城市裡不會有鬼魂、不會有死後的居所。何以他們都認爲城市裡有的，就只是眼前那惟一一個現實世界——一個個互不相識的人，在街巷底錯身，無語、無目光接觸，如此而已。

那是要在更久以後，當我在記憶中看那個憂鬱的少婦，與那個穿著得過分拘謹有禮的小孩時，我才察覺，當時我的母親，一定也如我一般，對這城市大多數的地域，其實都陌生極了。

然而，這座城市，卻是我可以與我母親相處的惟一所在。惟一一片我們可以以各種大眾運輸工具，在一日之內來回的疆域。

在那之前。在我明白了，察覺了之前，在那個六月裡的星期四，我出發，生平第一次自己前去拜訪我母親。

我沿著馬路狂奔，向著一個我偶然聽見一次，從此烙在腦裡的地址接近。我低著頭，很怕會遇見我所熟識的那些人臉——那些相似的眼睛、鼻子、嘴巴、耳朵所排列組合成的一張張人臉。我很害怕那張人臉會半途攔住我，將我領回我該回去的那間房子。

然而，我沒有遇上任何人，輕易地抵達了。我站在一幢舊大樓底，看著一道通往地下室的樓梯口。我很訝異我腦中的地址所指引的地方，竟就在離我的學校、離我的家族如此之近的地方。

就是這裡了：在我母親每月兩次的復活日之外，在她漫長的死期裡，她在這座城市裡所寄居的地方，就是這裡了。我找到了。

我步下樓梯。我踏在一道墨綠色的長廊上，長廊兩側對開著好幾扇木造房門。長廊盡頭，橘色的緊急照明燈亮著，像是永遠沒有熄滅過。

在我母親的房門口，我找不到門鈴。我敲門。片刻，我轉轉門把。門上鎖了。

我放下書包，靠門而坐，等我母親的魂魄飄蕩回來。

雨早就停了，但空無一人的長廊，像狗舌頭一般發出一種潮暖的氣味。

我睡著了。倚著門、低著頭，蜷曲著身體，在等待中，我想我不知不覺睡了極久極久。夕陽應該已經下山了，我想。城市那嚴絲密縫的光罩應該已經又成形了，我想。我想起在那個星期天，我爲了不讓我母親將我領回我祖父家，我固執地、快活地，在一座森冷的大賣場裡遊走。我以爲我可以那樣一直走下去，忽略在大賣場外，月亮已經高升了。

我母親放棄勸止我了。即將又獨自死去兩星期的她，站在一個遠遠的地方，默默看著我。

我停下腳步。我隨意從貨架上取了一輛模型車，要我母親買給我，然後我就可以再次向她告別。

過了很久，我才發覺我拿的是一輛垃圾車。

過了更久，當我與她告別後，在那間光潔的客廳裡，有一顆上了髮網的頭對我爆笑出聲，說：「她送他一台垃圾車哩。」那是我姑姑。

隨後，雙胞胎一般的我叔叔也跟著笑了，他對著我露出沒有門牙的厚大牙齦。幾天前，他又一次跳樓，摔壞了腦袋。

我想我也笑了。我想起後來垃圾車的黃色烤漆慢慢地，全部磨損掉了，也終於變成垃圾了。我猜想，等待就是這樣的——有什麼東西靜靜消失了，留下來的，全都變成垃圾了。

我在等待我母親，一如很久以來，我的母親在等待那些星期天一樣。
我的脖子僵硬極了、瘦痛極了。然而我抬不起頭來。
直到很久很久以後，有一雙手搭在我肩上，將我喚醒過來。

卷上

接近一輩子那麼久，我祖母被安放在一間充滿櫥櫃的房間裡。房裡的五斗櫃、大衣櫥、床頭櫃和許多說不出名字的家具，在她長大後，看上去變小變輕了，卻收納了她一生所有剩餘：五組床單，十罐花露水，一包又一包用日曆紙包好的私藏點心，凡此種種。格屜裡的一切，在那間房裡，揉合成一種香氣，線索一般繫在我祖母的腳踝，她走到哪裡，就拖曳著那香氣到哪裡。所以，無論她在哪，我都會從她的房間開始尋找她。在與她共度的那個夏天裡，我對她最深刻的印象，是每天清早，忙過家事後，她必會坐在門口，望著庭埕，隨光影折散，一個人溫呑呑進入沉靜裡。她微濕的雙手輕舉，挪移著，像正彈奏著鋼琴。時常，我會找到她，和她一起發呆，各自將世界瞧得暗啞了。

無人知曉的是，每逢週四，我會和祖父陪她拖曳著房間出門，搭公車，去港區的署立醫院和醫師諮談。那感覺挺愉快，因爲往往一進醫院大廳，祖母就自在而活絡了。她會牽起我，和祖父領我乘老式電梯上樓，然後我們就一起坐在診間外的長廊上等候，大概從上午九點等到近中午十二點。等候之時，祖母會和長廊上的人攀談，理性而溫柔，用她自己最希望的方式說話。包括醫師，她總和在醫院遇到的人們聊得極好，總令在一旁聽看的我，彷彿身處她記憶中，過往的大港裡那些深藏在僻靜巷弄、騎樓之上的家常小診所：醫生娘隨時就要提著菜籃進門，對候診室裡的人們和煦微笑；從窄仄的窗可望見海的剪影；孩子們將溫度計靜靜夾在腋下；醫生桌上，壓舌棒浸在半滿的燒杯裡。總之，事物都有一定的位置，來的人都會受到照料，離開的人都將康復。

那時，當我從她的腳踝回望，後見之明一樣，我彷彿變得比較熟識他們了。我總猜想，在遠遠的那間房裡，也許，遠在青春期之前的孩提時代，她就開始準備著，要和一個什麼人白頭偕老。她夢想著這樣平和的幸福，盼望時間能允許她，任她就這樣老去，比記憶中的任何人都還要老。倘若眞能和一個人長壽以終，她將不會懷疑那是命運的賜福，但她會謙卑地感傷，她會想：因爲似乎，賜福總是交託給像她這般不適當的人，才讓「命運」這樣的字眼，顯得永遠可疑。

可能，她會以爲，命運交託我祖父，給在那間房裡的她。起先，他教養她，管訓她；最後，他成爲她的病人，那惟一一個終生留在她身邊，不離開她的嬰孩。在那間房裡，像安寧病房裡的兩室友，她和他長久相處，和好而平靜地，讓彼此成爲各自惟一一次生命的諧擬。當他在她身邊躺下，她會感覺多年來積存於心，無以對人說明的憂患，或身體裡剛剛壞死的細胞，已經正一點一點掏空他，於是他輕盈得多麼像是要被身上的薄被包裹，一把提走了似的。沒關係，她想，在床板底下，有一口又一口沉重的甕，那是她爲他們保存的食物：酒糟肉，鹹菜，醃漬蘿蔔。很適合他遠行時攜帶，她寡居時獨食，或者，作他們在天荒地老長相廝守時的食糧。時間讓在不在一起失去分別，或統攝了兩者：不是伴侶的逝去或走離，而是時間本身，單純地讓每個人終成鰥寡。

當她拉開窗簾，讓山村的太陽透進房裡，看微小的塵埃，瀰漫在低抑的光線裡，她可以木訥而無聲地與不在房裡的他對坐，而不會不時被時間龐大的頓挫給震顫。因爲，就這麼單純：她嫁給了他，與他用彷彿借來的衣物、鍋碗，身體，在那些櫥櫃的環伺下，演練著一種人稱婚姻生活的東西。也許，是在一切的細微與無足輕重裡，她放牧自己在他身邊，漸漸老成一位意料之中的慈藹婦人：那種自己的孩子最晚在青春期，就明白她的人生經驗對他全然無效；孩子的孩子最早從兒童期起，就自然疏遠了的慈藹婦人。即便是，或特別是在可能曾有過的，愛情最濃烈的時日，她仍會幻想：她的配偶將早她三十年死去，而那大約就是他們婚姻的全長。她於是被應許，度過最與世無爭的人生，獨自在高壽中慢慢變得痴傻；對某些特定的往事，回憶得愈來愈清晰，卻愈來愈靦腆地看待。看自己努力練就的溫婉言行，隨時間復返，變得像是自己天性的一部分。然後，她就要看穿自己在世間的最後一場睡眠，像看透一齣永遠排練不好的夜戲，預見自己的死亡。那時，她將仍平靜閉眼，彷彿只是坐在澡盆裡，游回一面過於深廣的海洋。

因此，每夜每夜，當他仍在她身邊，將他們的房間平躺得一如安寧病房，她感到驚訝，羞怯，快樂以及悲傷。彷彿牆面都潔白了，而夜霧裡的空氣正一點一點過於清冷。彷彿門外，醫師與護士的便鞋，正敲在光滑的地板上，一聲一聲過於規律而健忘。失眠的夜，當整個房間被細雨中的熹微給洗亮，婚姻裡一切器物的邊角，都彷彿發散虹霓，那總奇特地，給她一種溫暖的錯覺。當他們度過對彼此說的每句話，都不能免於訴說得太多的磨合時日，她無言，傾聽熟睡的他，喃喃起偏遠的話語。那是夢囈，也是各處異鄉的混合語。那像來自隔壁房間的聲音，即臨卻又帶有隔閡。

她傾聽，試圖捕捉一些耳熟的辭彙，想像過往如何存在對她而言，意義的空洞裡。她發現他正困在一個人們稱作身體的軀殼裡，而這個軀殼正在床上持續萎縮，慢慢將他捆回嬰兒般大小。她看望四周，想像年老就是這樣的：你的靈魂蝸居其中，格外容易知覺屋裡什麼是新修繕的，什麼是舊模樣的。你的靈魂有時快樂、有時沮喪，有時甚且回到青春的激情與躁熱中，然而，這一切都不會被人瞧見。對路過的人而言，你始終就是間舊房子，靜靜覆蓋著時間的塵埃。有時，當你也像個路人那樣去回看自己，你會發現，如果七十歲、八十歲，跟九十歲、一百歲沒有差別，那麼，一個人若是老到某種程度，應該就永遠也不會死了吧。因爲死亡是件極其年輕的事，而那個人，不小心錯過了。

祖母亦不知曉的是，那個夏末，一牆之隔，在遠遠的那間房外，孩提時代的我生平第一次，以爲自己懂得了死亡原來該是什麼。我記得手心撫摩樹幹時的觸感；記得驟雨過後，枝葉閃閃的光澤。我記得當我醒來，我聽見橫溢的水聲，看見藻綠色的光所粉飾的櫥櫃，明白自己已經平安返回了，在山村的夜，在祖母的房間裡。發現我醒了，祖母靠近我，觀察我，輕撫我的臉頰，在我額上輕輕敲敲叩叩。那連串無意義的動作，不知爲何總能使我平靜下來。我不知道在那溫和的注視中，祖母究竟都從我臉上看見些什麼。只是，我猜想，基於對孫輩的厚愛，我在祖母心中，大概總顯得比實際靈光許多。因爲這樣的寬容，那一整個夏天，我得以安放自己在她身邊。在她的注視下，我身上換穿過一整代人兒時的衣物，那是她特地從衣櫃底翻揀出來的。那些衣物初穿上身時，我鎮日聞到香茅油的強烈氣味，鼻子因此而搔癢，接觸袖口的皮膚，開始長出細小的紅疹。但當我換下這些衣物，由她洗過、在風裡晾過，再穿回我身上時，它們變得格外好聞，像藻綠色的陽光。像是我自己，也和祖母一樣，每日每日被靜靜淘洗了一遍。

那是我這輩子最快樂的時候：在她身邊，靜看微風穿越庭埕，整座山村被繫在她的曬衣桿上，在新的一日裡輕輕飄動。其實，我有許多問題想問她，像她對醫師，或醫師對病人。只是，她不是醫師，我亦打心底不覺得，她是自己以爲是的病人。雖然她不會相信，而多年以後我也無法自信地這般宣稱了，但當時我以爲，從她身上，倘若我眞的學得了什麼類似醫囑的東西，那應該是：我想努力成爲一個像她這樣的正常人。我盼望自己，能有足夠的耐性，信任時間，傾心相信自己並沒有特別被遺棄。我想像個正常人那樣，羅縷記得自己曾被厚愛過，也希望自己終於學會如何，才能在心裡的櫥櫃積存一切借來的事物、時空與溫暖的沉默，像她曾經撫慰過我的那樣，去照看另一個人。

然而，這誠然是笨拙的表達，聽來比教條還糟。多年以後，在這皇皇大言的粗率世間，遠遠不如祖母想像的聰明或純粹的我，可能終於老成這樣一個慣犯：

在想施予他人，或從他們身上謀取什麼之前，我總告知他們一些遠比事實複雜的話語。其實，我不知道該如何給予的，就是我不能給予的；倘若如此，沉默就該是對自己最嚴厲的要求：我不該輕易向人說明，我不知道該如何達成的事。只是，多年以來，醒時睡時，我總想著要如何告訴祖母：當她在她的房裡靜靜等候時，像路人一般行來走去的我們，她的親人，究竟發生了什麼。我猜想，縱或不能帶來實際安慰，祖母也許，仍會希望有人能向她說明發生過的事，就像孩提時代，在她身邊的我一樣。

日日夜夜，我拿出紙筆，寫下草稿。我嘗試告訴祖母，我曾經跟著祖父，去到那條小溪的起源。那是在夏初某日，清早，在心裡的鬧鐘喚起我之前，祖父走到我床邊，將我輕輕拍醒。他問我要不要跟他去學做水：跟著他去山上，檢視前一天被雨沖淤的山泉管線，重新把水做回屋內。他把布包搭在我肩上，扛著鋤頭和一口尼龍袋，領我走出庭埕。我們走過路的盡頭，走在草地上，走在泥濘裡，穿過橫倒的樹下，爬上清淺的山澗。遇到竹林，他就帶我鑽進裡頭割筍；發現一串酸果，他就放進我嘴裡，讓我試吃，等看我的反應。我們爬上山頭，望下，看他的莊園，大約只剩虎口大小。他說，出門前，他把家裡所有水龍頭都開著，等到我們將水做好了，所有水龍頭就會一起冒出汩汩清水，我祖母看見了，就會知道我們已經成功了，這比打電話報訊還快。祖父以爲他逗樂我了，也對著我笑。其實，我只是想像著大水氾濫，祖母坐在澡盆裡，帶著她的櫥櫃們游出老三合院落的自由模樣。那時的我並不知道，一年後我會重新想起這個畫面，並以爲那是我對這世界的，最後的想像。

我想告訴祖母，我還記得，最初或最後是這樣的：我聽見阿南和小王的呼喊，抬頭，看見我祖父的腿從天而降，落在我們面前，彷彿猶有生命。我想告訴她，在那個熱天正午，我父親引領著我祖父，再次走過火車站前無人的廣場。他們心無旁騖，只專注看著自己眼前小小的影子，在炙熱的柏油路面上翻飛，那誠然是他們一生裡，處得最平和的一段時光。祖父的步伐一向迅捷有力，旁人不易察覺，西裝褲底，他的左腿是一段義肢。也許因此，在一切罪行昭然若揭之前，生平第一次攙扶他行走的我父親，開始感到微微地不安。所有人都不知道，只有我清楚明白，我父親生平最大的恐懼，是他常想像，有朝一日，他將重返山村，嘗試將父母從墳地挖起，裝進骨甕裡帶著離開。那就像抹掉自己與故鄉的最後一點聯繫，從此他可以說，他以全世界為異域。

我父親許豐年在山村出生，度過童年。他明白山村，就像明白自己的掌紋；有時，他覺得它所遺漏的，很自然地都隨著時間，成了他天賦裡的缺陷。有一天，他突然頓悟般地理解到，這個他自幼熟悉，並安之若素的山村，比之村外，其實是個古怪透頂的地方。它像是眞正生活的複象，又像是光天化日下，不該存在的影子。就像一個國家過往所有戰防之地、礦藏之地、收穀之地等耗盡自己的地方，在那裡出生、成長的人，會覺得生活本身是一場漫長的瘟疫，熟識的人泰半不會留下；留下的人惟一的出路，是將傷逝洗練得單純易解，像風景區一樣適宜開放。對此，他並非不理解。他覺得尷尬的是，當他重返山村，童年記憶裡的法師、道士或那類人，一定都先他一步永遠走離了。到時，他必定找不到挖墳的幫手，甚至找不到人請教一聲：「什麼時辰比較適合幹這種事？」事情一定會就這麼耽擱了下來。

到時，他就要在山村，這個記憶的風景區裡，獨自生活上一段時日了。惟一陪伴他的，將是那輛擱淺在泥濘中的計程車。無數煩躁的夜裡，他想著，能不能獨自套上雨鞋、帶上圓鍬，穿過雨霧去執行這件事，但這似乎是惟一的解決辦法總令他害怕，他只好告訴自己，墓園入口的柵門在這樣的濕冷的夜裡，應該已經關閉了。雖然，他知道山村的墓園，根本就沒有門：整座山村就是一片墳場。

可能有一天，他真會成功地讓父母重新出土，將他們整齊排列在一面不透水的帆布上，曝曬在大太陽底。那時的他，會將他們聯想成一對舊樂器：彷彿比上輩子還遠的童年時代，當所有外地善心人士捐獻的樂器，都仍棄置在山村小學的儲藏室時，每逢天晴，他們也常在操場上鋪蓋這樣一面帆布，靜靜曝曬樂器。直到那些樂器看來真的死了，校長就將它們送給大家當玩具。那時，他和玩伴了組了支亡靈樂隊。他們讓最高最壯的那位勒緊皮帶，將一面極其沉重的古鐵架在皮帶的吊囊上，指著樂器圖鑑，對他說，這個叫「鐘琴」。玩伴一手舉穩鐵杆，持一把小槌子，追著鐘形框上，音階缺漏的鐵板打。一把破鈴鼓，意圖在任何樂段趁火打劫發出嗡嗡聲；一雙破鈸，嘗試在任何疑似頓點的地方摔響破鍋聲。遊行隊伍就這樣出發了：放學後的黃昏，各人恣意毆擊各人的樂器，合奏出山村史上最不成聲的樂曲。行進時他們彷彿吸鐵，彷彿所有被遺棄的都將受他們召喚，只是時移事往，他不知道他們都去哪裡了；是不是也都在多年以後，像世上第一個必須處理父母的零餘人那樣回返山村，艱難地想像遺失的禮節。

海濱的風錯亂地颳，他望望左近巨大的空曠。他汗流浹背，思考一個簡單的難題：父親的左腿，一段義肢，塞不進骨甕裡。他想像撿骨師可能會有的建議：用鋼鋸將義肢鋸成幾小段，按規矩依序擺進甕裡，讓父親帶去「那邊」用。他拒絕，想著：父親向來惜物且自負；而且在「那邊」，大家理論上都沒有雙腳才對，他不願父親因此被嘲笑。他扛著父親的一段腿，這生死兩界都離棄的東西離開海濱。是夜，他挖了一個深坑，將腿以直立之姿，種在父親從前的溫室裡。他用圓鍬拍平地面，直起腰打量四周。埋腿之地，像是一大片荒地上的，一小塊荒地。像是被掩埋起的，其實是他自己：突然間，記憶中所有已壞損的物品，和已死之人一樣獲得修復，空氣異常擁擠，他感覺自己身處瑣碎而完美的地獄裡。

是夜星光低亮。他扛著圓鍬，在父母留下的老三合院落遊蕩。他知道，天亮前他將沮喪莫名，因爲那是人一天中情緒最低落的幾個小時。他壓低聲息，勸服自己，準備又一次度過它。他發現一整家族的角蜂，讓老三合院荒蕪得很繁華。那是一種長腿細腰的蜂，喜歡在土磚牆裡，挖掘結構細密、通道複雜的巢穴，因爲牠們用重量來區分光影明暗，躲在暗影裡，牠們反而覺得輕盈。記憶中，在寂然的夏日午後，當土磚牆發散雨後的氣味，當翻過山巔的海風，爲空氣增添睡息，他就會看見那些女王的子嗣們，在陰暗的屋簷下飛鬧，彷彿這是一個月光低亮的夜。彷彿，惟有這樣持續不斷貼牆繞行，紡織著溫熱的空氣，夏夜才可能如期降落。在醒睡之際，走在老三合院裡，他總刻意讓自己像是走在和好的回憶本身。每當雷陣雨過後，長廊總收留飽滿的水氣，兩側的木門因而溫厚，沒有一扇可以好好闔上。無風的夜，一長廊的門隨曾在屋裡活過的人的鼾聲、隨最輕微的鼠齧各自悠緩擺動，但長廊盡頭，餐室夜燈的暖光，卻像被凍結在空氣中一樣。餐室角落邊，放著他父親的尿桶。每逢那樣的夜，它的氣息總掛在天花板下、貼牆而生的蟻路上，像直立的紙人，在光與聲響的半空中淅瀝行走。它的氣息很簡潔地，一如多年以後的他父親。

時常，坐在深夜的圖書室裡，索引一種生活，他觀察著父親。夏夜的角蜂在夜霧裡輕盈飛鬧，有一隻始終在父親耳際繞行，嗡嗡嗡嗡。田野之上，父親打著赤腳，一步一步踩進軟土裡，一腳重，一腳輕，保持一種沉著的韻律。他是按摩土地的機器，永遠不知疲憊；當他走動，整片被遺棄的孤土打著呼嚕，在他腳下歡愉翻身。當他走到他的溫室外，他坐在一塊大石頭上歇腿。他卸下左腿的義肢，將義肢直直立在地面上，而後，他盤在大石頭上休息一會，雙手輕輕拍打、搓揉球狀的左膝。那連串動作，有種孩童般的天眞與無傷，彷彿倘若眞有一天，這顆水藍色的小行星在虛無之中四散與爆裂，他仍會端坐原地，不會驚慌，不被動搖。

極細微極細微，角蜂環繞父親，向坐在圖書室的他，織出父親放大千萬倍的影子。從遠方公墓飄來，空氣中的磷光鬼火在父親身後，曝現見骨的光澤。父親彎腰，掀起地上的溝蓋，檢視一條被他掩埋、馴養多年的小溪。水聲淙淙。溪底的石頭，突然全都寶石般閃閃發亮；長期不見光的魚蝦，帶著透明的身軀與全盲的眼睛來朝見父親，在他跟前款款游動。

夜讓氣味沉凝了。或者，父親也像角蜂，以辛勤的勞作，讓夜的氣味沉凝了。慢慢地他發覺，包括領養自己的親生兒子，父親以自己的方式，領養了一個小小世界裡的，所有可見的人事物：無主的荒地與老三合院，一條被馴服在地底的小溪裡的一切透明生靈。甚至，他覺得父親親手領養了所謂的「農業」。他像是世上第一位與最後一位農人，這項古老的技藝，在他手中充滿原創性。他有自己的節氣和作息，也有自己的敗亡方式。當他的左腿在田地裡泡爛，他領養了一條義肢，將它訓練得更易於行走。他幾乎就要像父親的妻子，他的母親那樣，被父親平靜的毅力給勸服：可能，當他過世，他還將下冥界親手領養自己的死亡。

他幾乎相信，當父親被埋葬了，當體內不斷從各個孔竅淌出的惡水，讓他在棺木裡滅頂，就地躺成忘川，他馴服好的不朽左腿，還將代替他人立起來，一步一步在地底，踏勘他的領土。

我猜想，這是我父親最深的恐懼：他無法眞的遺棄，那早已被生死兩界都離棄了的。我寧可相信，是因爲這種恐懼，那一天，父親才會把我丟在路旁，不願與我同回山村。那是在第三個暑假開始時，父親將車開到柏油馬路盡頭，要我下車，獨自沿溪谷旁的碎石路上到山村，去找我從未見過面的我祖父。當然，父親並不是毫無準備，就把我一個人丟在那裡。他已教會我游泳。他從車上的零錢盒，抓了把銅板給我，和我約定好，在夏天過後、學校開學前，他會回來接我。然後，他又跟我說了一個故事。

他說，在那片山裡，有一棵樹。那是一棵很大的榕樹，像一朵雲，覆蓋海角最平坦的一塊地面。爬到樹上，坐在半空遠眺，一切總顯得光明而崎嶇。倘若眞能爬到樹頂，也許會越過山巔，望見摩天的海；也許終於能從容下來，明白眼前的風景如何成爲一張影子，數十年來，留存在某些人的記憶底，它沒有變大、不曾減小，全世界最盛大的溫柔，也再不能稍微照撫它。小時候，他時常跟著玩伴一同掛在樹上，一同等待大榕樹最神活的樣子，在夏日裡復現。夏日裡，每當午後的暴雨過去，世界都被洗亮了。大榕樹會在微風裡搖擺著枝椏、晃蕩著氣根，讓方圓周遭，在陽光的照耀下，沉沉靜靜又下起一陣細雨。夏日是農人們最清靜的時節：一期稻作曬收了，二期秧苗還未落土；摸藪草、探溝渠、爲最體諒人的土地公慶生，成了惟三的正經事。那些睡過長長午覺，準備去巡雨後田水的人，路過大榕樹時，總會駐足仰望。很奇怪，他說，大榕樹怕有千年百歲，農人看雨，也遠不是三天五日的事了。但每當古老的大榕樹晃蕩著古老的雨，農人總會興味盎然地看著，就像觀看嬰兒在世間的第一場好哭。

聽完故事，我看著父親開車離開。放眼，我望見極高極深的溪谷外，瀑布壓著半天高的山壁，氣勢洶湧地奔流。我感覺一切都鮮活地令人難以承受：河床上巨大的岩塊，吹過山林的風，連吸進肺裡的空氣，都夾帶令人胸膛鼓脹的蟬鳴。我放下書包，坐在樹蔭下休息，覺得放假眞是件很累人的事。發生什麼都並不奇怪：我只有一位父親，所以無從比較起；事實上我以爲，大約在這世上，每個人的生命中，都會有這樣一個午後，是會被自己的父親，這樣丟在路的盡頭的。

那時，我並不知道，就在我十歲生日那天，我父親會穿著那套西裝，坐在餐桌前等我們。父親開口說話了。父親說他開了車來，要帶大家去海邊玩。宿命一樣，我記得父親車裡的空調終於壞透了，六月天，那輛車就像烙鐵一般灼熱。真的好熱，我記得車內，所有人全都不斷冒汗，但沒有人伸手去開窗。我記得父親一邊開車，一邊試著有禮而周到地，輪流和所有人閒話家常，從下午到晚間，從城市到海濱，一路上都沒有停過嘴。我記得透過密閉的窗，我看見下班時間，出城的壅塞車陣，我與許多陌生臉孔走停對望。我記得夏日的夕陽，在我眼前慢慢沉落。我記得月光照映的沙灘。我記得有那麼一刻，穿過幢幢人影，我望見母親坐在助手席，手摀著臉啜泣，那使我發現，除了有禮的微笑，她原來還有其他情緒。

走出父親的車後，我生了場病，有一年多的時間，斷續發著高燒。病中的感受，多年後，我大概全忘了，只偶爾還會想起，有一天，當我走在島的主街上，而雨點、水滴，或突然拂面而過的海風，都不再令我感到冰冷時，我明白我已經好了，或早就燒壞了腦袋。那時，我正要走去島的圖書館。坐在圖書館裡，可以望見對街，島的小學門口，以及校門口一棵被海風吹得歪斜、掛滿鹽晶的枯樹。

我總坐在靠窗的位置，等我的朋友們放學出來跟我玩。如果再次開口說話不會太過艱難，我想親口跟他們說聲：「再見。」

那條街不長，卻是島的主街。那座島很小，只有大量的陸軍，和近一整年的霧季。那棵枯樹斜立在雨霧中的島的小學門口，像是早在小學創校前，甚至早在島浮出海面前，就已在水底靜靜死去千年之久。時常，遠望見那棵樹，我會想起回到島的第一天夜裡，我看見，當滿島軍人唱完歌，藏回據點與坑道；當四周都安靜下來，霧受冰冷的洋面悄悄召喚，從最高的山壁捲下，沿海岸，沿島的主街低伏，穿牆而來，隨衣沾身，揮之不散。抬頭仰望，天空特別高遠，星斗特別無畏地奔騰到眼前，海平面上，月亮被自己的光華盛起。世界像如鏡的冰原，在我心底，一定就是它猶未成為任何人故鄉之時的樣子。

第一夜，世界看來如此；第一個月、第一年的夜裡，它也都還是如此。我好像必須花上淺薄生命裡的數十個年頭，才敢向自己確認，也許，它將永遠如此靜靜地瘋癲，像宇宙中最稱職的療養院。第一個白天，或那些我總以為是的最後一日，太陽將島的主街照得比夜更迷濛。穿行而過，看人影浮現，會覺得每個人都在明確地耗損，會在那攝人心魂的平靜裡，相信一個人做或不做什麼，最後想來，都自然可憫。

那一天，是個難得的晴天，我看見人們駕小艇出海，收集纖掛的養殖網。時常，是在像這樣陽光偶爾能穿透雲層，灑下海面的日子裡，朋友們會帶著我半走半跑，爬上山脊，遠眺島最南端，海岬之上的燒爆場。我們看見環島公路避開那裡，在近處一分爲二，各自曲折下沉，較寬的那條漸次理直，鋪成一道白色長廊，成了島正式的港口。我們下到港邊，坐在岸上，看海浪襲過消波堤，湧進港灣裡。即將靠岸的運補船，遠遠地熄去引擎，隨著浪花，向我們慢慢漂蕩過來。我的朋友們都喜歡船這樣悠慢的姿態，因爲其實，並沒有什麼別的、新的地方要去了：這港口，是船所能抵達的，最遙遠的地方，對他們而言也是。

那就像筋疲力竭地相遇，於是對彼此充滿了耐心與厚意：眼前的一切事景，海，天空，以及那樣坐著的他們，全都像船那樣悠悠緩緩、漂漂蕩蕩。他們好像在用小學六年的全部晴天，等待運補船終於送來教科書，讓一個新學期可以順利開始。島就這麼小，像橡皮擦的屑屑，星辰運行時無法帶它一起轉。於是年復一年，逐日老舊的運補船就要爲島送來時間表，以及一些用法確切的字詞。例如

「島」這個字眼本身：他們的祖先嫻熟於海，在日常慣用的語言裡，祖先只是淡然地以「山」來指稱「島」。

多年以前，他們將故鄉自地表剔除，駕船渡海，來到這座形如側臥之犬的無人島嶼，在最短的時間裡，他們就將每間石屋、每條石板路、每座石墓，憑著記憶重組了回來。兩層樓構造的石屋，屋簷與牆線切齊，避免多餘的遮障，窗戶開得極長極狹，適合一人蹲踞、一人站立，共同臨窗戒守。那時的島，名為「犬山」。犬山第一代住民隔海，日夜守望新砌的故土，直到鄰近生命末尾，他們發現：他們此生惟一無法依憑記憶，不可能以原材在此地重生的，是自己的墳墓。那不無悲傷。於是有一對無後的伴侶，丈夫在妻子死後將其火化，每天晨起，將一撮骨灰和粥嚥下，直到妻子完全消失。長長晚年，當他在白天隔窗眺望，當他在黑夜漫行海濱，他赦免了等待，赦免了期望與恐懼。胃袋咕嚕作響，他像走動的墳那樣自由。

後來，小島踏在國家北方的戰防線上，海也變得廣遠而難測了。運補船送來更多時間表與字詞，犬山改名為「光武島」，有了新墓園與新生兒。一道政令，讓島遍植木麻黃以戰防；另一道政令，讓島民驅趕羊群出海，以免防風林被啃蝕殆盡。他們的父祖變得慵懶，蹲踞在王爺府的樹蔭下，小商店的木頭櫃檯後，公共汽車的方向盤前，沉默無語，做著可有可無的例行公事，全心不讓自己過於顯眼而出眾。父祖們的妻，大多更爲強悍而豪邁，可以操槍練靶，將半面山壁打得大火上焚，可以在軍民交心的節宴裡，捲起舌頭直言，拉著大小軍官一對一以烈酒栽罐拚搏。無論島如何遷演，那位食妻者瘦長的身影、灰白的舌頭，始終留存在一代代父母的言談裡，成了父母用以恫嚇孩子們的形象。特別是當燈火管制的宵禁即將開始，而孩子們依舊在外遊蕩的時候。

天將昏暗時，食妻者用拐杖撥動比人還高的芒草叢，在濕潤的空氣裡蛇行。他會突然鑽出草叢，抱住落單的孩子。蟻塚、灰沙與火燄從他身上抖落，穿蝕孩子的衣物與皮膚，沿血脈四竄。那是炙熱的擁吻，整個生命加起來那樣巨大的痛楚，瞬間呑沒了孩子。每位犬山的孩子，都聽過這樣的故事，都知道要避免走進荒草叢裡。只是，當孩子們長大一些，背起書包，有了心事，食妻者就被他們各自葬在心中某個並不顯眼的角落，不比埋在荒地裡的暗雷，或醉酒亂言的父親更令他們畏懼。他們依舊要在外遊蕩，尤其是當燈火管制即將開始的時候。在街上、在海濱，當他們踩著從小走慣的安全區域來回走動，他們的母親就到民防隊辦公室，用擴音器實施全島廣播，呼喊他們的姓名，下最後通牒，命令他們立刻回家。那時，整片海岸在將臨的夜色中震動，把手貼在島的任何一個地方，會感覺它就像徒有四壁的房間，這樣容易，就被聲音給填滿。

也很容易，在這樣一座小島上，聲音全都會突然隱去。走在島的主街上，我靜靜看著那座我幾乎日日前往的圖書館。幾乎是日復一日，我總重新意識到，圖書館的設計者和我一樣，對島並不熟悉。他將圖書館建成透明而開闊的：兩層樓高，光線從屋頂的天窗直直灑下，每一面對外的窗，都盡可能地巨大。於是，倘若坐在圖書館裡，遠望島的海岸線，夏天，島和圖書館都顯得過於刺眼地亮；冬天，它們過於晦暗而陰冷。在長期的霧季裡，它們顯得令人悲傷地潮濕，像某個令人絕望的容器裡，裝著另一個更令人絕望的容器。

我生於島上，我的母親也是。一年多前，人們告知我母親說，我正在退化：首先是不再能說話，然後也許忘了怎麼走路；然後，我也許會像個剛出生的嬰兒那樣，只懂得哭喊。總之，在這世上，我曾經習得的能力，曾經深信過的解釋，漸漸地，就要全都不算數了。母親聽完，拍拍我對大家說：「大不了，讓他再回到我的肚子裡來。」這真的嚇壞我了。

母親一向挺樂觀。她牽著祖母與我重回島上，就像多年以前，她將剛出生的我放在一個野餐籃裡，提著離開，前往山村尋找我父親時那樣若無其事。每天，在島上，她都盼望著我會好起來，彷彿不可能在別的地方，盼望這樣的奇蹟可能會發生。回想她，我明白，時間也只是這樣悠悠緩緩地折返回來：一個人出生的地方，終於成了他們所能抵達的，最遙遠的地方。想像這種筋疲力竭地相遇，使我平靜下來。那就像預先明白自己即將學得，或重新學會的，哪怕是最悲傷的詞彙，都可能曾經曝曬在那樣晴朗而燦爛的海面上，日復一日，向我輾轉漂來。

這麼一想，就沒有想說出口的悲傷了。

我想起父親。很久以前，我曾問父親：到底爲什麼他會是我父親？父親想了想，回答我說，他其實是外國人，是一名軍官，會開鎖，也會開飛機。在我出生前，他開飛機和某敵國作戰，飛機被擊落，他掉在敵國某個偏遠島上，遭到俘虜。島上住民把他關在村廣場旁，一棵大樹底的一架大狗籠裡，等候有天，有人來將他解送戰俘營。這樣一等，等了三年。三年來的每個晚上，睡不著時，他就趴在狗籠裡，幻想自己在作夢。下起燒灼的雨時，他就脫光衣服，就著穿打過葉隙、攜下濃濃死亡氣味的雨水淋浴。有人來給飯吃，他就大口吃；有人來將他的脖子繫上狗鍊，帶去野地解放，他也就老實不客氣在大家面前拉屎撇尿，再乖乖被牽回狗籠裡。但父親不是很會開鎖嗎？不錯，三年間，他已將那架狗籠的所有關節都摸熟摸透，憑頭蓋骨就可以將狗籠蹭開。

但問題是：島實在太小了，從狗籠四望，四方是透天的海，他像坐困一把湯勺，無處可逃。就算眞能趁夜溜出狗籠，晃過守備，逃進防風林，他確信，那些同樣在等待終戰，和他一樣無事可做的勤奮村民，會呼音通訊一遍遍搜尋他的蹤跡，再把已死或活的他拎回狗籠。父親毫無勝算，只好像顆種子，在籠裡憋著安靜的生息。這樣憋過第三個夏天，當指幅寬的銀河縱灑開來，兩側，織女在左上，牛郎在右下，又開始悲戚地對望，一切就顯得滑稽了。狗籠旁有一處崗哨，每天，村長都親自値凌晨四點到六點的班。每天，下了崗哨，村長就跳上土墩，對廣場上的全體村民精神講話。他是父親最盡責的玩伴。

在所有那類遊戲時刻裡，父親記憶最深的，是有時適逢紀念日或祭典時，島的小學生會由老師整隊，來狗籠前參觀他。那時，他會整理衣裝，抖擻精神盤腿坐好，以迎接他們。隔著柵欄，他和小學生一同聆聽老師的訓詞：關於不容冒犯的國家尊嚴，關於恥辱與仇恨。照例，講完訓詞後，老師會要求小學生一個個出列，走到柵欄前，看清作爲敵人的他的嘴臉。在目光接觸時，他以最大的鎮靜，不厭其煩一個個對他們微笑。他看著這群練習撲抓獵物的貓科小獸們，用剛學到的字句辱罵他，或啐他一臉唾液。總有人能別出心裁，例如脫下小帽照面擊打柵欄嚇唬他，這總能引來隊伍中同伴崇羨的目光，讓接下來的儀式變成小學生的試膽大會。這些他都並不在意。他所以笑，所想要以笑刻意確認的，是不同小學生個別面對他時，可能會有的一點點遲疑：一點點困惑，或一點點憐憫；眼神的一點游移，或嘴角的一點輕顫。他貪婪地想要汲取這些，那使他覺得自己猶有重生爲人的厚望。不誇張，他說，後來他想起，在整個戰事膠著的受囚期間，他所仰賴的惟有這些。雖微不足道，但卻是當時他所僅見的，惟一具體的事物。

一個人可以爲這而活。所以當那些在試膽大會上氣勢輸人的孩子，隔天又結伴回來羞辱他，用彈弓攻擊他時，他可以不聲不響地承受。所以他可以在深夜，絲毫不自憐地和狗籠外的村長話家常，討論小孩的教養問題。所以他睡著時無夢，吃飯時有滋味，能一一記得那些孩子們的臉。因爲這樣，他心安理得。他不去盤算過去或將來，不幻想出自己的錯，不去積累這些無來由的罰懲，以致有天終於親手捻熄自己的最後一點生機。每一次放風，就是一次純粹而自在的放風；就像每一次洗浴，就只是一次力求滌淨的洗浴。它們各自孤零在漫長而連續的時間裡，不爲什麼，恐怕只是同樣無依無靠的他，猶能存活的惟一可能姿態。某種程度，他和全島村民一樣，都成了戰事的孩子。只是，很奇特地，他是惟一笑得出聲的人。

這樣直到某日，某個並不顯眼的白天，村長又跳上廣場的土墩，哀戚地向村民宣布，他們戰敗了，投降了。這意思是說，我父親所代表的國家，贏得了最後的勝果。這意思是說，在這座從未受過侵略，只栽過父親的飛機的邊陲小島上，長期被關狗籠的父親，非常意外地，成了惟一的勝利者。父親加總這些事的意義，但不知爲何，覺得無法確實掌握。他望著廣場上的村民，覺得他們也正各自咀嚼戰敗的訊息，但每個人都異常平靜，彷彿長期忍耐住的勞苦，在這最後一刻，都像地下水脈一樣在心底默默流空了。村民慢慢散聚成一個個小團體，村長一個個走近，低語，交換意見，偶爾，他們也抬頭，望望狗籠裡的他。除此之外，沒人再來面對他，再對他說些什麼。然後，就像每次戰時的集會結束時那樣，村民準時散會，一個個默默走遠，把他一個人留在偌大的廣場上。

他摸不著頭緒，只好在狗籠裡，坐等不知還將到臨的什麼。他等了又等，沒人回崗哨站崗，卻也沒人來釋放他。慢慢日近正午，廣場四周的人家漸漸升起炊煙，極安靜極輕巧，極理所當然，好像正把空氣裡緊繃的什麼，一點點蒸散掉。他覺得疲憊，躺在狗籠裡睡著了。他睡了極長極沉的一覺，夢見壞毀的什麼，但似乎並不值得珍重。他醒來，那是在傍晚，微風輕輕吹動狗籠旁的荒草，近海的氣息被西斜的光，抽繹得像是空氣裡的灰黴。他感覺自己皮膚上結的鹽霜，正一片片剝落，彷彿什麼都在躡手躡腳地位移。他轉頭，看見狗籠旁的柵門，在什麼都測不準的視線底，隨空氣一分一釐輕輕擺盪，輕輕擺盪。

就是這樣：狗籠開了。什麼人趁他睡夢之際，來把狗籠的門鎖打開，又悄悄走了。四周好安詳。他看著，躊躇著慢慢踏出狗籠，在廣場上站直身。那時目光所及的傾天之海，點點漁船向下聯綴潮汐線。眼皮被亮光逼緊，他看見遮蓋著的枯草垛都給移開了，光天化日，顆顆瓜果在沙地上孵著，像白胖而畸形的嬰孩，在戰事平息的第一日連藤暴長。他走出廣場，走進村的聚落裡。石板路濕淋淋的，路上所有人家彷彿都剛結束洗曬，所有大門都敞開。主婦們若不是在盡責地打被褥，就是在盡責地打小孩。路上各戶人家，至少都有一人遠遠望見他，並遠遠地對他露出純樸聚落偶遇觀光客時，會露出的純樸笑臉。最遠的地方，什麼人在對他招手，大步走來。他看清，原來是村長。村長露出純樸聚落的村長偶遇觀光客時，會露出的純樸村長式笑臉，邁著恰到好處的步伐，把石板路踏得恰到好處地響，迎面而來，把一隻手恰到好處地搭在他肩頭。村長邀他來家坐坐，用頓便飯。

他摸摸脖子，吞吞口水。村長顯得那樣好客，讓他口拙起來，不知如何推拒，把其實已能當面流暢聽講的村語，說得稀稀落落。村長還是笑著，露出「雖然我聽不太懂但我可以理解爲什麼我聽不太懂」的簡單表情，這讓他想起：對了，我原來是個外國人。所以他只好開始用自己的母語對村長說話。村長還是笑著，露出「其實我聽不太懂但我相信你可以理解爲什麼我聽不太懂」的簡單表情，這讓他有點火大了。但村長還是簡單笑著。他沉默了，開始覺得有點恐慌。他轉身向前走，嘗試想要儘快離開村的聚落，去到某個僻靜的角落躲起來，倘若島上還有尚未被笑臉塞滿的角落。他想回去狗籠裡。他走回廣場，發現狗籠竟然不見了。就是這樣：狗籠不見了。他轉身又走，沒有辦法只好直直朝著海邊走。

因爲眞的，島上所有東西，活的死的，都對著他一直笑，連路邊一朵莫名的野花，都笑得花枝亂顫。他簡直不敢抬頭，好不容易穿過防風林，在海邊獨自坐定，夕陽已經就要沉落海面。

但是，「恥辱」哪裡去了？「仇恨」哪裡去了？還有，「憐憫」哪裡去了？他用村語和母語交替想著這些詞彙，愈來愈覺得自己像考古學者，憑空洞的詞猜想並不存在的獸。然後天漸漸更暗了，彷彿只要天再亮一次，島上就什麼都沒有了。他納悶：長久以來自己究竟存不存在這座島上，那麼多的忍耐，到頭來誰都面目全非。那麼多的忍耐到最後，即便能夠離開島，他也不再能簡單回應別人的笑了。這是怎麼回事？他沉思著，卻漸漸感覺長久以來隨著苦難，在心底浮現的新畛域，那些寬大能容的疆土，如今一寸寸重新沉沒，因爲沒有任何信念，需要再去占領它。

島像一座狗籠子。恍惚間，這個想法撞擊他。他心想：對了，島是一座狗籠子，所以他們才能笑得出聲。他們好貪心，他們正在暗自練習，隔著柵欄他們努力想用他們無傷的笑，憑空汲取一點什麼。對了，如果世上所有人都在笑，整個世界就是一架大狗籠，所以隔著柵欄，神，如果有的話，總是別出心裁，人也就有了當人的厚望。對了對了，一定是這樣的。他拍拍大腿，想通了，也笑了起來。所以現在這個無用的開鎖專家，只剩下一道最大的鎖需要去開。他站起來，想著，其實世上也沒有所謂的南北東西，極近或極遠，只要能夠摸到這道鎖，扣問它，他所站立的方寸之地，瞬間就是邊境，就是海角與天涯。就是了。

他抬頭，再次仰望初昇的星辰，那因爲心境的沉沒而隨之冷縮的視角如今變得好深邃，每一顆偶然瞥見的微亮星子，在他眼中，都被筒狀的光束給圈禁。他以這樣的視角，再次凝望墜落那時的自己。那時整片天空都在焚燒，他從機體彈出，撐開降落傘，在空中隨慣性斜斜飄落。那時在他前方，機體如巨大的隕石，滾捲天火，拖曳半空的熱流隨它而去，好像無數牽掛於心的往事亦隨它而去。但其實，「那只是一個殺人用的空殼，如同降生我於此的送子鳥」，不知爲什麼，當時的自己曾提前感傷地這麼想。也許早在那一刻，或像他生命中任何重大關鍵的一刻，我父親回憶說，他整個人，全副身心，已經離開現場，離開時間了。否則，在半空飄蕩時，他不會覺得那樣自由，那樣悠悠緩緩無所擔憂地，飄向這座島。這麼一想，其實他才是最貪心的人吧：他孤立事外，享用大家對爭戰的執著，因而得到供養。因此當戰事結束，大家說好了什麼都不要記得時，他才會感到如此不堪吧。

那像見證亡靈眞的滅散，好恐怖。他長噓一口氣，簡直就要超度羽化了。就在這時，他感到後背一陣劇痛。他轉身，看見遠遠的防風林邊緣，一個小孩站在那裡，正用彈弓攻擊他。又一顆石子從小孩的彈弓射出，正中他的肚子。他感到詫異，心想：你不知道戰爭已經結束了嗎？他不躲不避小孩的攻擊，向小孩靠近。我父親看清，是村長的孩子：這個體質柔弱卻頂著碩大腦袋的孩子，讓村長即便在站崗時都爲他牽腸掛肚，永遠是狗籠前的試膽大會上，面對我父親時，最扭捏難言，甚至不敢抬頭和父親對望的那個人。父親發現小孩在哭，碩大的眼淚從他眼裡流出，掛在他碩大的臉頰上。啊，所以你知道戰爭已經結束了，你輸了。看見小孩的眼淚，父親簡直太開心了。所以你知道的。他奔跑起來，迎向小孩。小孩慌了，扭頭往防風林裡跑。他追著他。那時一天的最後一點餘光就要寂滅，島上亮起和平人家的和平燈火，整片防風林裡靜悄悄，冷颼颼，他只聽見自己追逐的腳步聲，和小孩忽左忽右，碩大無朋的哭聲。他什麼也看不清楚，只覺得一切流光餘火，都緩慢了，都放大了。無數顆小石子如雨如霜，不停打在他身上，連那所激起的痛楚也都緩慢了，都放大了。他像是以這樣的專注與盲目，穿行過那日之後的承平時代裡一個又一個現場，因此頭破血流，因此諦聽他的哭聲，因此覺得好開心好開心。

父親給我看眉角的疤，說這就是在那場追逐中所受的傷。父親說，好像有億萬年那麼久吧，當他終於追上小孩的哭聲，再次向下凝望那些眼淚時，好奇怪，他發現我怎麼會躺在野餐籃裡哭，而他已經就是我的父親了。

「就是這樣。」說完故事，父親搔搔頭走開。

想起父親，我發覺自己笑了，因而明白自己好了，或徹底壞了。從那天起，即便是在離開島後，有很長一段時間，我醒得挺早，或根本沒睡。在下過雨，或月光低亮的夜，河堤外的淺灘會被召起魂魄，釋出泥沼味，像一個未沖積成的世界，夭折、散逸在舊日的空氣裡。那時，我就起身，坐在桌前，思索記憶中所剩無幾的往事。我重建自己，猜想自己來自幽冥，或比那更難料的所謂愛，大概為了搞笑，父母命名我爲許希逢。印象所及，他們很少一同出現在我面前，彷彿那樣做很猥瑣。他們如何談心，或在沉默中離異，對我而言，比他們如何待我還神祕。他們各自待我不錯，像收容跳過命定之死、躲進未來的孩童，或像庇護遊魂，也許因此，他們從未問過我，那些做父母的一定會問小孩的問題。例如：將來我想做什麼。

從那天起，我認真想像自己的將來，在一個人的時候。獨處之時，會覺得世界待我這罪犯十分寬諒：山谷裡飄蕩的落葉，微風吹送的雨絲，極度安靜時耳膜的嗡響聲，無數細微的事景，包涵我猶倖存於世的事實。我在心底琢磨，在嘴邊小聲練習，向我記憶中的亡者，敘述這些簡潔的溫暖，直到過多事物都令我想起他們。某些時候，這就像他們猶在身旁，陪我走完那些必要的剩餘旅程，雖然我知道，他們必會笑我一廂情願這樣想。不過，當簡潔的溫暖，終於也像餘燼那樣將要消亡，對他們的每次猜想，於我，就像用傾巢的話語，去抵禦那個終將沉默的自己。倘若真有來世那種無聊的東西，而我們將會互相尋獲，我希望他們不會怪我。倘若他們真要怪我，那麼，在剩餘旅途上，奔赴向他們之時，我也已經傾我所能，確保在將來，在那個已可測見的終點上等候的他們，不再可能認出我來。

往昔的我，將這當成自己一個人的事，與誰都無關，並以為這該是最大的奢侈：我已傾我所能，像人人被要求去做的那樣，猜想過自己是誰。我記掛著命定之死，有時，幾乎認定它是自己惟一的友伴。吃飯時我想著它，睡著時我夢見它，勉強讀著一些書，即便是冷硬的教育學時，也在文字裡印證它。那時，我讀到，十歲左右，是小孩學習的關鍵年，因爲此時，小孩的思維正由「具體運思期」轉向抽象的「形式運思期」。如果能準時隨課程設計一起跨過這轉型期，小孩的學業和人生可能從此一帆風順，列祖列宗額手稱慶。但是，如果小孩的思維轉型遲了，那事情就好玩了。從十歲起，他會發覺一切都變難了，紛沓的世事與學業，如一列無休無止的火車，如時間本身不斷朝他駛來。他瞠目結舌，無法抽象理解與表達，只是覺得每個上學日，都像要背著書包去臥軌一樣悲壯。

幸或不幸的是，在這注定誰都無法活著離開的世界裡，記憶力也許是最終的贖還。教育學說，倘若這小孩能牢牢記住一件自己並不理解的事，就像死背一則數學公式，那麼在將來，他有可能突然明白這些事所代表的意義。這是說：肉身爲度，一個人在內裡包藏、護衛某個記憶，抵擋住時間摧枯拉朽的破壞力，終於和記憶一起，等候到思維的轉型期。在那之後，抽象回去尋獲具體，事物向那些猶記得它的人，展示它自己。

因而我猜想，記憶力該是最終的贖還：在距死亡一步之遙的地方，在那個最後的立足點上，每件記得的事物，都昭顯出新意，因而一個人不再沉傷，也不再惶惑。至於記不住的，時間證明它並不要緊，也就理所當然不必去記得了；因而豐足，且沒有缺憾。我猜想與死亡爲伴的人的思維，最終是這樣的：你理解了所有你必須記下的。那時的世界對他而言，想必既小巧又寬敞。

某種程度，這個想像的確給當時的我帶來安慰：你清楚記得發生過的，思索它，並且無論如何努力活下去，然後，也許，時間最終會將意義返還給你。更大的慰藉是，當時的我恍惚察覺，也許，在命定的死亡面前，眼前再炙熱的情感、再濃烈的想念，都仍算是低度開發的。最好的存有，是活成他人腦中的一則數學公式，一種純粹的形式，一道多年以後，意義自動發酵的謎。這麼一想，在真的孤單的時候，也不會想要依靠他人，給人帶來困擾。

但這如何可能？也許，最簡潔的方式，將是要求自己不斷退縮、隱遁，不再與這世界，發生過多不可測的聯繫。時至今日，直到我的人生過半久矣，相信的、能夠的都早已不再那樣要緊的時候，我仍然持續著這樣一種獨斷的演繹，彷彿刻意讓自己，成爲複製自他人生命的贗品。然而，不時，就像在抗拒這種複製，或在抗拒某種預畫好的痊癒方式，我會察覺，那特屬於我的敗毀過程，還在我心底某個位置悄然前行，或者，我該說是退卻。也許，就像將時間放遠，沒有人有辦法當個不誠實的人那樣，眞正的、無用的我其實止不住誘惑，忍不住想要見證：倘若連哭喊都不懂得了，我還能夠記得什麼。時至今日，當我被自己的澹然無夢給驚醒，我起身，坐在桌前，扭亮檯燈。我思索夢所不能冒犯的，以及被那毫無作用的光亮，給短暫撤去的嚴寒。我已經無話可說了，在時間如當時的我所預想的那樣，將意義返還給我之前，它已先行證明，一直活在他人寬諒中的我，這名受刑人，如此費力地活著，卻不知爲何，從未給他人帶來哪怕只是一點點眞正的安慰。

每晚睡前，像在行旅中，我洗淨手腳，換上整潔的外出服，和衣躺下，以避免讓明天那可能就什麼都不記得了的自己難堪：不要驚慌，不要害怕，如果還能夠的話；至少，我已爲自己修整了儀容，讓自己適於去見那些可能必須進門處置我的人。勞煩他們了。每天早上我醒來，照著人們吩咐過的，在床上坐起，旋轉手腕、扳扭腳趾，咬緊牙根，用唾液假漱口兩百次。在灰濛的意識裡，我搜尋自己究竟還記得過往的多少事，由此假設：未來，我可能還剩下多少時間。我感到害怕的是，我漸漸喪失記憶的座標，漸漸分不清事情的先後順序了。每一次當我嘗試穿透終局，嘗試訴說，那聽來，都像是另一個新故事的開頭。我甚至無法確定，和昨日相比，我是否多遺忘了什麼，只是試著像觀察一個陌生人那樣，觀察記憶中，那個昨日的自己，確定我與我相隔，眞的只有一個晚上的距離。確定昨日的我，尚不是那個看著奶油蛋糕，連同裝蛋糕的保麗龍盒子，連同那個炎熱的夏日，連同他自己，在他膝上慢慢融化掉的少年。

每日每夜如此連綴，像一個無以安眠的長夏，像世界本身，我明白自己無法活著離開了。每日每夜，剩餘的時間，像是從另一道星河奔赴而來的光年，比新生還陌生，比死亡還陳舊。也許，我終於和我的路人家族重逢，活得像是與他們同在了。拿出紙筆，寫下草稿。我們用每句話一出口就注定過長的方式說話，好像每句話都是遺言。我們不動問，不期望，似乎對想說點什麼的我們而言，每種酣暢的快樂都顯得故作天眞；每種無可抑止的悲傷，都來得那樣矯情。彷彿眼前僅剩的，是一張用來寫遺書的白紙，而我們那樣愼選字句，遲疑、無言，直到命之所終。因爲再熱烈的話語，都不過是我們對世界的，生疏的證言。因爲時光快疾越渡平野，每日每夜，「敬啓者：：」我們潦草塗寫：「世界太大，我無處可去。」

□

我第一次發覺自己原來有母親，只是已經離開了，是在我三、四歲那年，母親重新回來的時候。後來，更長更久的時間與磨折都過去了，我們從陌生的母子，處得比較像是熟識的好友了。我記得，最後的日子裡，我定期會去探訪她，在安寧病房裡。那是個充滿痛楚的地方，我以為，倘若真有神靈，祂必定是個幼稚到沒救了的老頭，白白在這世上，浪費祂那樣驚人的能力。我記得有一天，我留了張字條給她，告知她，醫院空調讓我不小心感冒了，我得休養，過幾天才能回來看她。基於某種古怪的幽默感，母親十分欣賞這則留言，當我再回去時，我發現她將留言貼在牆上，不時看讀，像看著什麼有趣的玩笑。

我病癒後，在一個下雨的午後回去看她。走過昏暗的長廊時，沿路不斷滴水的傘尖，使我突然想起我祖父。我想因此，我忘了敲門。進入病房，我發現窗簾敞開，屏風與帷幕全都撤到一旁，整個房間被雨中的天色給洗亮。母親和她的室友各自躺在床上，停下音量細小的交談，轉頭看我。天花板下，一顆粉紅色的氣球被我開門的風帶動，輕輕懸浮。母親歡迎我，對我說，早上，隔壁病房舉辦了一場瓷婚典禮，很熱鬧，很開心。「喔。」我說。我其實懷疑，在安寧病房的區域內，在長廊上對開的那些房間中，一定有一間，是專門用來堆放慶祝用品的儲藏室：彩帶，拉炮，小丑帽，也許，還有一台專門用來灌氣球的氫氣機。每天清早，第一班護士檢查行事曆，探看今天該舉行的慶典，而後，她們就推著推車，進入那間儲藏室，推出那些慶祝用品。手推車的滑輪，在長廊上空寂地滑動。我想像在一個下雨的早晨，許多人撐傘走著，來到一間病房，參加這樣一個慶典。

只是，對母親而言，沒有別人了：她沒有排定任何紀念日，而我是惟一的訪客。我放下傘，靠牆坐著，聽她們繼續閒談。可能因爲光線太過溫好，也可能因爲我確實累了，恍恍惚惚，我閉上了眼睛。有段時間，我想我陷入眞正的熟睡，那是在那間病房裡，我初次能這樣做。然而，大多數的時候，我猜想，或者我夢見，有一部分的我，大約猶能覺知外界：就像被雨給無聲地穿過，我的意識變得透明；病房裡的一切動靜，對我而言，就像用鋼筆刻在畫好線的紙上，那樣地明晰而沉緩。「他睡著了。」我聽見室友這樣說，聲音細微如髮。「是啊。」我聽見母親這樣說。「糟糕，你居然睡著了。」我甚至聽見自己這樣說，一邊為自己已然習慣了這間病房，感到某種不安。然而我動彈不得，終於失去了知覺。

當我在全然的靜默中醒來，張開眼，首先看見那顆粉紅色的氣球，還在幽暗的光線中擺盪。窗簾全都拉上了，屏風與帷幕全都回到原位，看不見天色，我無法判斷時間。室友在病床上熟睡了，這同樣無法讓我判別出時間。母親不在她的床位上。我掀開她們蓋在我身上的薄被，走到病房外，去找母親。長廊的盡頭亮著逃生指示燈的綠光，我想，如果這裡發生火災，裡面所有病人被迫逃生，那將會是全世界最令人悲傷的事了。我盡量壓抑自己的譏誚，在長廊上筆直走著。在長廊中段的家屬休息區裡，我發現母親一個人坐在那裡，看著樓外。她喃喃著什麼，片刻，我發現她在輕輕地唱歌，一首很通俗的老歌。她沒有什麼太大的情緒，就只是哼著、唱著，讓自己發出一點聲音而已。我靜靜站著，不去驚動她。也許是在那時，我察覺自己原來在非常非常早之前，就習慣了最後的最後會發生在我們之間的事。我為自己這樣想，感到微微的羞愧。

也許，在非常非常早之前，她也曾想像過：能否在山村養大一個孩子，並期望他健康成人。那時，和她在犬山的家相像，山村老三合院裡住滿各種生命：閣樓裡，蝙蝠倒掛屋簷下；廚房櫥櫃的板壁裡住著一窩鼠；角蜂，蟋蟀，螞蟻，青蛙，蚯蚓。族繁不及備載。冬夜，所有能鳴能唱的生命匯成淺淺低吟。總在晨星放亮時，她就會聽見她起床走進廚房裡的聲音，聲音很融洽，就像是那些淺吟的一部分。她叫她母親，在心底。她曾想仔細觀察一天之中，母親都做了什麼，如何能在日復一日，在山村生活一輩子。在廚房裡，母親用茶壺燒開水，再用棉布將開水仔細濾過，然後才灌入要給母親的丈夫，李先生的保溫瓶裡。粥煮熟了，菜炒好了。廚房地上，倒蓋著一個洗菜籃。母親蹲在一旁，四面八方朝洗菜籃噴清潔劑。「怎麼了？」她走近瞧。「我在殺蟑螂；牠好會跑。」母親說。她也蹲下，看蟑螂宛如運動選手，沿洗菜籃跋涉快跑。她去拿了把勺子，敲擊洗菜籃，幫助母親集中目標，然而蟑螂就是不就範。她提議用熱水燙。母親說好，一邊起身拿鍋子，燒兩碗分量的水，一邊呵呵笑說：「我們倆眞閒，在這一起殺一隻蟑螂。」

水燒開了。母親以抹布墊鍋緣，回來蹲下。「在哪裡？」「在這裡。」母親從洗菜籃的這頭倒水，蟑螂跑到那頭；從那頭倒水，蟑螂跑到那頭。「捉迷藏，」母親說：「頭好暈。」「這樣好了。」她說。她接過鍋子，在地上倒了灘騰騰冒煙的水，推移洗菜籃，蓋在水上；拿起勺子，照面朝掛在洗菜籃上的蟑螂打了下去。蟑螂掉落水中，抖了一下，不動了。「死掉了？」母親問。「死掉了。縮起來了。」「那好。」清早的世界靜靜的，她看看母親，母親一笑整張臉就都很開心。母親摸摸她的髮梢：「妳頭髮好黑。」「嗯。」「睡得好嗎？」「嗯。」「如果會失眠，可以在枕頭邊放半顆洋蔥。」「嗯。」

上午，母親踩著縫紉機，爲李先生改衣服。李先生老了，身量愈變愈小。母親爲他將外出慣穿的衣物一件件改得合身，漸漸像是大號的童裝，漸漸像縫回了時光。她看著，問母親：「你們怎麼認識的？」「呵呵，他在山上種茶，我散步經過，發現他怎麼躲在地上一個坑洞裡哭。我拉他上來。」母親說：「過一陣子，他扛著鋤頭和行李來找我父親，說會幫忙種田，可以嫁給我。我父親讓他住在農具間裡。後來我就娶了他。」「喔。」她說。她漸漸習慣母親敘述的方式：故事很長，話語很短。

母親在練習彈鋼琴：端坐在一把椅子上，按著虛擬的琴鍵。母親說舊時的鋼琴在山村的濕氣中朽壞了。她要母親將旋律哼出來。母親說不好意思，只是要彈給自己聽的而已。

母親問她家裡還有什麼人。她說她們一家都是海盜，專門在海上，打劫過往船隻。在犬山家的石屋裡，正廳牆上，掛著四顆水手的頭顱，經過防腐處理，所以他們臨死前的表情，被永遠凍結。她的父親稱他們作「喜怒哀樂」。從小到大，每當她犯過什麼錯，受過什麼獎譽，或者閒來無事的過年過節，她父親總要她去面牆，對著喜怒哀樂跪上一跪，直到她什麼情緒也沒有了，才可以起來。母親聽完，嘻嘻笑著。母親總是很容易被她逗樂。她走到門邊，看山村悠悠慢慢，她想著，原來是這樣的。散步，遛狗，逛夜市；她知道那是什麼，但在離開犬山前，很多人們以為是日常的事，她並不能親身體會。能逗樂母親，她總也感到開心。她想著，「母親」原來是這樣的。這也是在離開犬山後，才能親身體會的事。

一家人都在：母親在「彈鋼琴」，李先生在「種田」，許豐年在圖書室「休假」；許希逢在襁褓中安睡。大約只有她這名「陌生人」在心底的一個角落覺得：如果這意味著團聚，那麼，在這個世間，沒有什麼可以叫做分離。

在犬山的宵禁前刻，沒有人會特意走去民防隊呼喊她。燈火管制開始後，她總仍獨自在海邊逗留。倘若不是天生的才華，那就是在那些宵禁時刻裡，她養成一種特殊能力：只要她願意，她隨時可以深吸一口氣，隱身起來，不被人找到。在主街的盡頭，當她躲在海堤外，面海，在沙灘上靜靜坐著時，在山頂雷達站探照燈的來回照拂下，她透明得連影子都沒有了。

記憶中，無論何時，深夜的島的海岸，總是莫名地明亮。即使月亮被雲遮蔽，星星全都隱匿，眼前所見的一切，總也發散著各自的光澤，像是要把一天裡所汲取的熱，陰鬱地吐還回來，證明自己的存在。退潮時，主街盡頭的沙灘向海的深處延伸，像光的長廊，像某種指引的手勢，指向遠方的離嶼。海灣另一頭，陸軍營區一日所傾倒進海的菜渣，隨潮汐回流，在這一頭沖刷上岸；整片剛出水的沙灘，淅瀝瀝布滿米粒、骨頭與碎肉，一切都被淘洗得油亮。探照燈一掃，空氣裡站起熟腐的氣味。貓大的野鼠全瘋了，牠們從石洞、從岩窟、從坑道底爬出，睜著火紅的小眼睛，用細短的前肢拖行自己，下到岸邊，爬過濕暖的沙地，一次一次弄著潮，用銳牙擒咬食物，有時不免誤傷彼此。連牠們，都不能發覺她的存在。

初出巢穴，喜歡沿著牆根歡快奔跑的雛鼠，總不由自主撞上她，像撞上一道還在緩慢盤旋、還在逐漸成形的軟牆。根植在基因裡的意念讓牠們心生警戒，雖然未曾親眼見過白天，但牠們會想起熱天午後，野地之上，讓鷹隼半空凝止的那種險惡氣團。牠們也像所有經驗不足的逃亡者那樣，在面對掠食者的威脅時，呆呆地停在原地，藏起尾巴，藏起腳爪，藏起自己的頭與臉，全身鼓成小小的圓球，盼望自己看起來，就像一顆石頭。她覺得好笑，她總是伸出手，將那些小小的圓球推離一些，幫牠們轉個方向，面向沙灘，光的長廊。她打個響指，牠們就被召喚，再次怯生生抬起頭來，牠們會一眼望見正在泅泳的同族。牠們會再次歡快地撒開腿，各自像個孤兒那樣奔跑，向下俯衝，明白自己生來就是要回去那應許之地上進食，廝殺，求愛，尋死，沒有其他的可能。

然後，無可避免。對一個想逃家的孩子而言，這是最挫折心志的事了：在那個她以爲是的世界盡頭，在每個心裡最感幽暗的時刻，她一定會望見她的父親，一個人優哉游哉從極遠的海面上，慢慢晃蕩到她眼前。他的肩上，總掛著死雞、死鴨，有時，甚至是一整頭帶角的死羊；連他自己看起來，都已經像是一名死者了。

父親極高，極瘦，皮膚比雪還蒼白。當他一動不動靠在洗衣店兼澡堂的櫃檯後，人們會覺得他好像剛費了好大勁，從棺材底爬出，現在正坐著休息。只有在陽光偶爾穿透雲層的日子裡，他才會被蒸出血色。當人們吆喝著出海了，他忍耐著，直到看見她出門，走進小學裡，他就從櫃檯抽屜找出墨鏡，戴上，走去將店門半掩。他從儲藏室拖出獨舟，用繩子牽了，輕輕巧巧，像浮木牽引浮木，從後門溜向海邊。一漂在海上，一聽見引擎發動的聲音，他就舒坦了。海天一色，在他的墨鏡後非黑即白，像過於分明的夜視光影。他繞過那些織掛的漁網，臉上沒有多餘的表情。他繞過海岬，去向他所認領的幾座離嶼，或者，幾塊海上的大岩石：在這裡，他放養他的羊；在那裡，他藏禁他的家禽；在另一個更遠的地方，他埋了幾罐他的酒。他在海上，在那些岩石間一個人玩辦家家酒，彷彿他仍然還是，自己心中那些剽悍海盜的後裔。

深夜，宵禁時他才會回來，而且通常喝醉了。但無論喝得再醉，他還是有辦法穩當地拿捏準距離，在最適切的地方熄掉引擎，讓獨舟隨海潮迂迴靠岸。他站在獨舟上，像站在一柄劃過奶油的刀子上，避開所有探照燈，從光線的夾縫間切向沙灘。透過墨鏡，他一眼就看見坐在黑暗中的她，他跳到岸上，拖起獨舟，跟她揮揮手。「嗨，妳在等我回家嗎？」他說。她默默不語，去幫他拉獨舟的繩子。回到家後，他將他的獨舟立起，擦拭乾淨，寶寶貝貝收進儲藏室裡，像把它放進靈柩裡一樣。然後，他才去點亮煤油爐，升火煮水，把人們丟在門口的洗衣袋拖進屋內，像趕寫作業的小學生那樣，開始一天的工作。她別無辦法，只好幫他趕做這些事。她環顧這間石屋，很快的，屋裡就將滿布氤氳的蒸氣，這是她從小慣看的景象。那時，她最大的心願，就是有朝一日，要永遠離開這些蒸氣繚繞的夜。

後來終於離開犬山，去到大城讀大學時，第一個春假，她和幾個同學，一同到島東的一處小鎮裡轉悠。那是一個靜好的山中小鎮，有稻穗纍纍的田地，有溫泉蒸氳的山頭，道路上遍植迎風的木麻黃；鎮立公園，事實上是全鎮最不像公園的地方。那裡所見的居民，也全都非常健朗。男男女女，都有著坦蕩的笑容，守護著稻田，在收割完後緊接著插上新秧苗。夕陽餘暉中，一切看起來閒逸而有致。當夜，宿在鎮上的溫泉旅館時，她站在房間陽台上，良久俯瞰露天溫泉池。愈晚，遊人愈踴躍。她看見一些小女孩的泳衣附著短裙帷，當她們怯怯地靠坐池邊，雙手環抱膝蓋時，短裙帷隨著浮動的水，很是寂然地漂漂蕩蕩。她莫名生出一種酸楚的感覺：在她們那盤起的髮，那珠澤渺渺的肩頸之前，連天水光中，滿池子裸身的人們快樂地打著水花，是這樣脆弱地無力留存得更久一些。

隔天，在小鎮的火車站等火車離開時，她意會過來，一切會如此不知寒熱，恍然無憂，只不過是因爲小鎮沒有醫院：所有生重病的人，都已先行一步坐上火車，前往山下的市區去了。逢著假日，病者的家屬們必都換上整潔的衣裳，相約去探病。在回來的途中，他們會閒閒說起山下熱鬧的市區、乾淨的醫院大樓，以及在安靜的病房裡吃著水果的他們的家人，彷彿那只是一場遙遠的夢。

那是她第一次明白，一個形似天堂的地方，也就是一個不適合曾生活在那裡的人們，在那裡死去的地方。死亡和陌生人的無禮一樣，同屬冒犯。其實她早就發現：離開島，離開那中魔的塊土，無論寄居在哪裡，她都覺得自己像是踏在別人的夢裡，醒或睡，都像是陌生人。事情就是這樣無可救藥地發生：離開犬山，無論願不願意，她成了一個有故鄉的人了。

她看見李先生走出溫室，拖著腿走到會客室邊，掀開水溝蓋，把腿浸在裡頭休息。她問李先生，是怎麼認識母親的。「沒什麼。」李先生轉頭望望，指著水泥地上的老三合院，問她：「那像不像一艘老船。」「嗯。」「我把它停在那了，讓她住得安心點。」「嗯。」她常常不明白李先生在說什麼。她發現他的左腿，從膝蓋以下都現出醬黑色了。她在他身邊坐下，勸服他去醫院就醫。她要幫他叫救護車，他說不必，搭公車行了。她要陪他搭公車到醫院，他說不必，自己去行了。她要通知他的家人，他又說不必，告訴了等於沒告訴。他將腿嚴密蓋好，也許以爲，倘若不理它，它將只會像小溪裡那些被遮蔽光線的蝦蟹一樣，變得柔軟。

她隨他轉頭望去，看下午四點，在給自己限定好的自由時間裡，許豐年走出圖書室，牽起腳踏車出遊了，悠悠忽忽騎過他們面前。隨後，母親也出門了，走過他們身旁，跟他們揮揮手。母親像許豐年忠實的臣僕，守衛在他的身邊，卻又像置身事外，與一切徹底無涉。「唉，」李先生目送他們，苦笑，對她說：「惡妻孽子。我可能眞的做錯什麼了吧。」

第二天清早，收拾完，她陪李先生等公車出山村。李先生穿西裝，戴禮帽，手提一個小小的行李袋，裡面裝著好幾日的盥洗衣物。他心裡有數。「說個笑話給妳聽，」站牌邊，李先生說：「有個傻子，死了爸爸。傻子跑去問鄰居，請問我爸一直不起床，我該怎麼做？鄰居說，你需要一口棺材。傻子跑去問第二家，請問我要怎樣做一口棺材？你需要一些木板。傻子跑去問第三家，請問我要怎樣找一些木板？你需要一棵樹。第四家：請問我要怎樣砍樹？喔，聽好，你需要一把斧頭。第五家，傻子問，請問我要去哪裡找一把斧頭？鄰居看見是傻子，很不耐煩地揮揮手說，去去去，回家問你爸。」她聽完，想了一下。「嗯。」她說。「不好笑？」等看她反應的李先生問。「對。」她答。「沒關係，」李先生說：「笑話會等人。」

遠遠的山路上，公車晃蕩過來了。從山村發出的第一班車，是一天之中最擠的一班：通車上學的小孩，與那些尚能走動，將作物裝在塑膠袋裡前往大港換現錢的老人，群疊在車廂裡。她完全可以感受移動中的公車，各金屬部位的疲乏，暗自祈求公車可別墜下山崖，可要平安抵達大港；否則，山村的勞動力可就全沒了。「聽說許豐年在犬山是開車的？」他問。「嗯。怎麼樣？」「不怎麼樣。可惜我不識字。」公車靠站，李先生一下跳上去了。

晚上，她接到電話。李先生已經在醫院安頓妥了，準備截肢手術。她想起送完他後，她一個人走回去，在大榕樹下暫留腳步，四望對她而言仍稱不上熟悉的山村。掂量那些無語的土地，對一個人的意義是什麼：就算這樣減損了一個人，土地看起來，是否會有什麼不同。她發現，擠進車廂裡的李先生，其實真的非常瘦小。仔細拼湊他的話，當然也能明白他的意思。就像七月初，坐上公車去接回許豐年一樣，這幾個月來，他大概只想著這件事：重要的是，他們一家將要團圓，任何時刻，他們都可以闔上牆垣，與這個世界徹底無涉。他並不識字，現在要考駕照、學會開車，也已經太晚了；幸運的是，駕駛幾乎可以說是許豐年惟一有用的專長。他可以預期，許豐年將負起運送大批花卉的責任。上陣父子兵，他已經將柏油馬路引到牆垣口，專程為了等他回家。

理解了這一切後，她發現自己可能並不十分明白許豐年。那年，她二十歲，是一名返鄉渡暑的大學生；那時，他是島上的一名士官。當她告訴他那個食妻者的故事時，「我不覺得有什麼可怕的，」他輕飄飄地說：「那個人不過是吃掉死去的妻子。想想看：如果他慢慢吃掉的，是活生生的自己；如果你們每次見他，都發現他身上慢慢少了什麼。那是不是恐怖多了？」她怔怔看他。某些微弱的預感憂煩她，令她分神。

當然，她確實無以預期將來，不知道自己將被他擋在左近，靜靜被歲月蠶食；也不知道那是最後一次，自己在島上見到他了。那是霧沉夕落的宵禁前刻，她在我外公開設的澡堂兼洗衣店樓上，目送他離開。透過狹長的警戒窗，她看見小島即將封起的海岸線。樓下傳來我外公用木棍攪動洗衣槽的聲響，她知道自己應該儘快下樓幫忙，但她沒有動作。正當換季時節，島上駐軍從坑道底拖出一袋袋舊大衣，送進主街上各家小店洗滌，再扒光自己，泡在大池子裡舒坦一整天。每天傍晚，當熱蒸氣在石板牆上凝結，一件件大衣在長廊上空悠晾起時，島的主街，總飄蕩一股冷土味，像是所有氣味離散後的氣味。像是他對她形容過的，遠方山村年前傍晚，雨中的抑息。

光屁股的小孩，在沙灘上奔跑。母親們的吼罵聲。山頂，海軍雷達站的探照燈亮起，掃過主街，直切入海，來回搜尋。鎮日蹲在王爺府前的「光武元帥」，她的一位小學同學，如今徹底廢成一名瘋漢了，開始在主街上奔跑，追逐燈光，吶喊念咒。憲兵的小藍車，第二次閃過街角。她在一切熟悉的事景中，在那些充盈街道的綠色軍服裡，凝望他的身影。每次他收假回營，她都這樣目送他。「每次見他都發現」，她想著他說過的話。她發現自己，確實不如自己想像的那樣能牢記他：倘若不是這座島，倘若不是這條街，倘若他脫下軍服，倘若他混跡在其他人群裡，她沒有絕對把握，自己能認出他來。一切就是這般徒勞：偏偏就是，也只能是在島，主街，她的家，這個她自己曾經如此強烈地催促著自己要遠離的中魔之地，她認得了他。

後來，在李先生住院後，她發覺自己不由自主成了一家之主。她讓一家在晚餐的餐桌前相聚，一共四個人。她和母親家常閒談，感覺李先生不在家的時光，老三合院開始放心地讓自己蠻荒下去。星期天，她會帶著母親，去醫院探望李先生。她們看他復健，重新組裝自己，立意要把自己練好，才要重回山村，以免惹人笑話。「笑話會等人。」她提醒他。

在前方一禮拜又一禮拜的蠻荒中，某天夜裡，許豐年醒過來一小時：好像意識突然降臨腦袋，他記起自己是誰，母親是誰，也理解了她是誰。他張目四望，彷彿不十分明白自己爲何身在這裡。從那天起，每天晚上，許豐年都會悄悄醒過來一會，像躡手躡腳的小生物，一次一次確定四周安全後，再慢慢走遠些。每一天，他醒來的時間都多一點。直到那一天，他終於能與她們一同坐在庭埕前，看天破曉，光線收斂萬物的影子。她們都驚喜地發現，他像是完全恢復、完全拾起了過去的時間。那時，在遙遠的地平線上，她看見一個身影，拖著腿走了過來，那是換了一條好腿、又再讓自己康復過來了的李先生。李先生打開鐵柵門的鎖，走進來，生疏地轉身，朝會客室張望一會。她正要告訴許豐年說，看李先生的習慣依舊不改，憋著一泡尿，硬要回家才撒。她轉頭一看，像在捉迷藏，許豐年已經又隱遁過去。她歎口氣；眞不明白他，她想著。靜看一切，她問自己，如果她將在山村養大一個孩子，那麼，在孩子童年時，她敢不敢問他：「你長大後想做什麼？」她微笑不語，心裡卻已經十分明白。

當時的她無法預期，當許豐年再次醒來，許豐年敢於對她宣布：他將要獨力帶大一個孩子。她答應離開他，獨自回學校把書念完；獨自去工作與生活，把時間用完了。事情就這麼回事。回顧時光，她猜想自己其實沒有資格體會眞正的愛戀是什麼：她伸出手，拉許豐年步向澡堂樓上，因爲那座孤絕小島被靶場、營區與彈藥庫給充滿；二十歲出頭，初次戀愛著的他們，沒有眞正上過戰場，卻也沒有別的地方可以去了。「對不起。」在安寧病房裡，母親對我說。

我微笑搖頭，勸慰母親。我想起自己十歲時，母親帶著祖母與我回返，讓我們像她打量山村那樣打量犬山。在那座孤絕島上，母親給了我第一本筆記本，要我嘗試，將想記得的寫下來，免得自己忘了。那時，儘管我無法開口，她仍花了許多時間，不斷跟我說話。每天清晨，天將亮時，她會輕輕喚醒我，帶我沿著海岸，繞行環島公路做復健。倘若不是因爲在這座島上，一個女人帶著一個小孩在海邊游泳，是件不被允許的事，我確信，她會領著我，一趟趟練習游著。母與子，我們是公路上的一對鬼魅。對沿路崗哨上的衛兵而言，我們忽遠忽近，吸著霧，吐著霧，踩著霧，頂著霧，在一片迷茫的氣象裡，失心地走著。吃完早飯，我會在她的目送下出門，背著書包，書包裡裝著我的文具，穿過島的主街，走進島的圖書館。我想起母親努力著，在環環監視下，爲我們理清時序：中午，我走出圖書館；和我的朋友們見過面後，我就回去，陪祖母和母親吃飯；然後我會睡一點午覺，不論我是否睡得著；然後我會起來，聽母親不斷跟我說話；然後我會陪她們吃晚飯。這樣大致上，我就又盡力過完了日常一天。

我想起某些特別清亮的夜，我們會偷偷出去散步。有一天，我們走過母親所說的，光之長廊。走在那上頭，眞的能看見海水不斷退去，不斷退去，長廊不斷延伸，我們就這樣，走到一座離嶼上頭。我們爬到最高的地方，在上面坐著。那時的月亮大概有整個天空那麼大，放眼望去，犬山的防風林裡，所有海鳥都被驚醒，以爲天亮了，不斷地在樹林上翻飛起舞。那眞的很美。

我想起那時，她問我記不記得有一天，我們去島上的靈骨塔找我外公。她說當犬山住民死去，他們只能被火化，被納進那座靈骨塔裡，「同島一命」，大約就是這個意思。她說童年時的某年八月，某個午後，曾經下起大冰雹，冰雹打落一架飛機，栽在島上，讓島滿掛屍首。但如今回想起來，這件事似乎未曾發生過。她說，假如你是倖存下來的最後一人，世界會先你而死滅，因為一切事情都會像是沒發生過一樣。她說，也許她記錯了，也許她的父親，並不是她記憶中那樣孤僻而古怪的人。因為她亦模糊記得，在官方發布島內禁養家禽家畜的軍令那年，她的父親似乎也曾和島上其他男人們，聚在王爺府裡商議，推敲禁令的道理與原委。他確曾與他們一同努力爭取到時間，得以將島上現有的家禽家畜，主要是些灰毛黑蹄的羊，運送到無人的荒島上隱藏。那該是霧季即將開始的時候，九月，節氣「白露」，官方的農民曆指示，本日宜裁衣、納財，修倉庫，忌作灶與安葬；那天，同時也是菠菜和萵苣可以在市場上見到的日子，雖然，那與犬山住民關係不大。不記載於史冊，在他們的記憶中，那天是犬山流放諸羊的訣別之日。各家各戶，各艘小舟集結在港岸，將羊趕上船，運出島。島上所有觀測站，所有點放的崗哨都見到這道灰黑的路線沉浮海面，也都一起視而不見。

她記得在那之後，犬山更無語了；犬山住民的視線也更悠遠了。家禽家畜的肉，在清晨會神祕地出現在市集裡，彷彿那是一顆高麗菜，是一叢雜草，是任何地裡自然長出來的東西。駐軍的運輸車，照樣下山採購，照樣心照不宣地烹煮那些食物，餵養戰力，或倒進菜渣坑與海裡。一切迂迴之後，照樣沒有妨礙他們日常的生活。她記得這個場景：在天黑之前，她的父親帶著她，一同躲在二樓的窗戶後，用父親不知如何得來的高倍率望遠鏡，遠眺海面，住民放養羊群的荒島。荒島像一塊大岩盤，除了一排廢棄多年的營舍外，一無遮障。她記得自己望見那些如老僧入定的羊，站在牆頭、屋頂，像衛兵一樣，靜靜嚼著草料。天更黑的時候，她還會望見些些餘餘的船隊集結，並不掌燈，只悄悄搖櫓，向荒島出發，那是畜養羊群的人們。她記得父親也會在那時跟著出海。有時，在天將破曉前，幾個人會扛著幾頭羊，跟他一起回來。他們在澡堂的大池子裡，把羊放倒，切成肉塊，很快送進市集的攤位上。大池子被水一沖，血跡都洗得乾乾淨淨。一切迅速復原，天亮時，父親又變成坐在櫃檯後那個沉默無用的男人，只有在來洗澡的軍人們抱怨熱水不足時，他才會溫吞吞蹭到後頭，爲大灶添柴。所有一切都像沒發生過，所有肉眼能看見的都是假的。也許，她看見的父親，也是這樣的。

我記得那時，碩大的月亮看來那樣即臨。彷彿是在它的逼視下，母親又摀住了臉。當時，十多歲的我也想伸手，像多年以後的自己這樣，拍拍母親的背，勸慰她。多年以後的我明白，所有能付諸言語的，總也顯得半眞半假。然而我猜想，多年以前，在她的生命中，當她第一次感到某種遠比悲傷更爲寧靜而透明的情緒時，那種情緒，已經瞬時從四面八方渲染我，引我輕輕咯笑。那時，她尙未察覺，我已經在她的身體裡緩緩漂蕩；她的一切感覺包容著我，一如不久之後，我將全面占領她的感官。那時，無定無著，像一艘小舟，我即將生在這世上。我即將見證他們的重遇與再次分別。那種引我咯笑的情緒，若干年後，我將一遍又一遍溫習；犬山、山村，或者大城，回想起來，那像一個過早的感悟：察覺自己正要遠離，是我對任何落腳之地的第一印象。

彼時的我父親正受隔離。開春例行軍演，公告兩岸周知。全島無險可守，無心要戰，拉二戰舊砲峽角獻寶，轟得犬山住民漁船離海，蟄伏王爺府前；轟得砲堡內駐軍砲操歪倒，一撥撥送野戰醫院。洗衣店櫃檯抽屜裡，我外公日記毛筆字工題：「兒告我以有孕。余喟然無對。惟夜夜買醉。」那種情緒是那樣地消耗她：從冬天到春天，然後又到了夏天。天氣好的時候，她就會帶著肚子裡的我，爬上一段緩坡，坐在野戰醫院外，看著遠方的海。只要有醫官走出醫院，她就直直地望著他們。她想讓他們儘早習慣她，以便有一天，當她必須衝進藏在坑道深處的醫院，指揮那些醫官將我接生下來時，他們不至於太過手忙腳亂。四月天，島上的氣候開始轉暖，一場細雨過後，當她再次爬上那段緩坡，放眼望去，昨日依舊幾近光禿的坡地，眨眼間，居然已經長滿綠葉，開出一朵朵黃色小花。站在坡地上，她怔怔看著。她拍拍肚子，對我說：你看，就這麼簡單。我記得，在一個野餐籃裡，我度過生命最初始的三個月。然後，我母親戴著一頂草帽，提著我，飄洋過海追蹤我父親。在夏天結束前，她找到他；那時，野餐籃對我而言，已經過於擁擠。那時，吮著拇指，我在思索：該如何讓自己重新出生。彷彿是這樣恍恍惚惚，反覆被同樣問題所惑，我一直來到了今天，來到此地，她最後寄居的地方，這間安寧病室。

我永遠記得這個無關緊要的細節：當運補船藉最後一點動力回身，以船舷輕觸岸緣，兩邊的人會各自拋出繩索，將船與岸牢牢繫緊。我永遠記得這個牽引的動作，在不斷的流散與腳不著地的回返之後。我猜想，在磨折與時光過盡，明白話語無用之後，我想告訴母親的只是：雖然最後，終於確認了自己是如此地不成材，如此浪費生命，我仍舊感謝她，最初如此奮勇地，將我牽引到這世上。

□

這兩件事並不相干：我認識的父親不是瘋子；他眞的很會開鎖。有一次，他帶我去療養院，探望一位弟兄，據說就是教會他開鎖的那個人。那天非常熱，彷彿過往的那一年裡，夏天正式呑沒了春天。在上山路上，父親指給我看，說城南的木棉與杜鵑居然同日綻放了。當我們走到半山腰時，下起微雨，雨並不沾身，只是把空氣靜靜擦燃。在山上那排僻靜屋裡，父親與弟兄長時間對坐，並不對彼此說話。事實上，亦不可能跟弟兄說話。弟兄像以新鑄之姿就地朽壞的銅像，不聲不響，對周遭一切，連空氣中那樣明顯的熱度都毫無反應。

父親的神情提醒我，這應是某種多年來，定期的會見：某種固定的拜訪，像一個人專程去確認歲月猶記得滲進看顧著另一個人的四壁，在他臉上留下刻痕，代替他去殺掉他自己。也許，多年以來，父親確曾像那日一樣，遵照日漸無義的節氣，爲弟兄換冬裝、送夏服，檢查右脅的濕疹。或者，用新買的刮鬍刀片，就著流理台，爲他把頭臉刮得清爽些。又或者，就像這樣，陪他吃冗長的午餐：披著毛巾，靜靜坐在他對面，看山區特有的黑頭螞蟻，慢吞吞在木桌上，在水杯留下的環漬旁，在他的餐盤前列隊潛行。他每一移動水杯，手就輕輕顫抖，背脊彎駝下去，牙槽跟著不自覺左右磨動，露出像牛反芻時那樣哀傷的臉。雖然，連當時的我都看得出來：那眞的也只是看起來哀傷而已。

那時，水杯的環漬在無風的室內，與蟻路一同漸漸蒸發，光這樣看著，好像時光也溫潤了起來。傍晚，滿山響起鈴聲，那是提示訪客下山的信號。鈴聲十分悠長，卻一下子把室內的光照全數撤離了。人事的輪廓幽幽發亮，我轉頭，發現弟兄變得更爲冷凝而木然。我發現那信號似乎對父親也有同等效力，他的力氣像瞬間被從頭頂抽乾，呆坐著，動彈不得。守門人來了。守門人來催促訪客，我聽見那些呼喊，也疑心自己聽見鑰匙在他們腰際晃擊、鎖鏈拖過幽暗長廊的聲響。騷動中的巨大靜止讓我擔憂起來，我害怕，他們可能會把父親也鎖起來，因爲反正沒有差別。但父親最後還是起身了，拍拍弟兄的肩，多餘地囑咐說：「那，我走了。」走下山路，我們看城市的燈火在盡頭亮起，父親牽著我的手，在路旁稍停一會，遠眺燈火。那是少數我至今猶記憶不忘的，父親的一個側面：我看見父親空望著，好像，連怎麼孤獨都不會了。

在我印象中，他的存在感一直很薄弱，只是有某些類似多餘的囑咐那類的東西，偶爾提醒我，他是我父親。他有一顆鬧鐘，大小就像他的心。自我有記憶以來，每天清晨六點整，鬧鐘會發出巨大的聲響，喚起他的手和我。被吵醒時，父親總顯得非常疲累，因爲他其實才剛回到家，剛剛入睡而已。然而，每天午後出門前，他還是會親手設定好時間，然後拍拍我的頭，彷彿不如此，就無法安心把我一個人留在屋子裡。我就要上小學了。有一天，父親出門前，照舊將鬧鐘在床頭櫃上擺正，對我說，這個夏日，我們每天仍要準時起床，他得教我游泳，因爲這樣有益健康，而且學校淹水時比較不會死。「好吧。」我隨口應答。第二天早上，鬧鐘響後，父親居然眞的立刻起床，他收下泡過水、在陽台晾了整夜的新泳褲，放進提袋裡，牽著我的手，領我走向區立游泳池。那是非常晴朗的一天，光度暖亮的初夏晨曦，照亮通往泳池的街巷，好像一切都得到應許，都被深深地祝福。

一路上，在我們四周，一整個晨泳會的老人家漸漸聚過來，用吼叫的音量彼此道早，彷彿那是道德的一部分。在我印象中，老人家們即便跳進水裡、即便明明看來已經憋著氣在沉潛了，卻都沒有放棄跟彼此問好與閒聊：每個人的頭臉都起了氣泡，每個人都在聒噪地威脅自己的生命，整座泳池沸騰般波光粼粼，所有一切，無不令我暈眩。然而，最令我不適應的，是陪我浸在水裡，異常正常地跟我說話的父親。在那天正午，當我終於學會如何在水底，用全身維持和別人的距離；如何可能藉最簡單的動作，朝任何不可思議的方向移動時，我鑽出水面，發現父親已遠遠站在泳池的另一端，而我終於擺脫了父親的手。我意會，這其實是我這輩子第一次，父親專誠地教會了我一件事。當然，多年以後的今日，我明白，那也是父親這輩子，惟一一次這樣做了。

第二天清早，當鬧鐘鳴響，父親的手高高舉起，重重拍向鬧鐘，如我預期的那樣，躺著觀察鄰床的我五分鐘，然後翻身，重新睡熟。那時，一室的晨光，在安靜地搖晃與四散，我等待更死寂的片刻到來，以便張開眼，悄悄下床。第三天起，我決定為父親省去掙扎的難堪：每天六點前一刻，我會完全甦醒過來，像謀殺小動物一樣為他按掉鬧鐘，從餅乾盒裡拿一點錢，悄悄走出門。我站在泳池的圍牆邊，等晨泳會的老人家們走來，央求他們代我買票，領我通過入口的旋轉門。我跟著他們一起做冗長的熱身操，然後，在他們善意的關注下，一趟趟獨自練習游著。第一個夏天過去了。第二個夏天，我人生中的第一個暑假，我仍舊這樣做。不知從何時起，當我游進最深的水域，不再有人善意地出聲喝止。是在那樣的默許下，我發現，如我猜想的那樣，那座聒噪的泳池底，的確藏存著世上最安靜的角落：一個極廣大的宇宙，被摺疊在泳池的偏旁。我和老人家們循著同一方向游潛，疲累時，就低頭沉落，沉落，沉落，抱膝，像貝類，貼生在深深的池底。我抬頭，看遮天的蒼老，那樣從容而別無旁騖地洄游；像上古的星河，也像史前第一道旋轉的焚風。倘若我沉落過久，總會有人記得降下他們細長的手，將我打撈上岸。總會有人邀我坐在他們身旁，給我溫熱的飲料，告知我一些離散的往事。

我叫他小王，我生命中的第二位朋友。他是晨泳會老王的孫子。老王相信世上一切有價的東西，有朝一日終將從自己眼前消失，因爲他開雜貨店。每天早上，他撤開鐵捲門，那滿室貨架，就成了街景的一部分。他倚著木桌，架起眼鏡，端讀一份早報，從第一頁起首的訃聞讀到最後一頁末尾的廣告。讀完，他把早報摺好，拾起郵差扔在地上的晚報，從刊頭開始讀。當貨架一角的廢報紙整齊堆疊到一定高度，他就提到門口，等待收舊貨的來。巷口有人慢慢走來，那是老王的兒子，小王將來的父親。兒子讀小學，讀國中，讀高中，非常地努力與奮鬥。兒子扛著偌大書包，並不進雜貨店，只從騎樓邊窄峻的樓梯直步樓上。他沒話對老王說，老王張著滿紙頭新語舊聞，也無話說他。

到了那一天，成人了的兒子牽著小小的小王，閃進雜貨店木桌前，絮絮告了老王一席話，「總之是山窮水盡了。」奮鬥的兒子說。老王摘下眼鏡，袖管抹抹，「那就賣了雜貨店吧。」老王閉眼說。那使得老王像極最後一件打發出離的貨物，離開了彼時已搬空的雜貨店，靜靜匿入街景中。那些時候，每天一早老王就到便利商店買一份報，一盒百分百果汁，走進巷裡，從已變成機車行的雜貨店搬出他的舊木桌，道聲謝，在窄峻的樓梯口臨桌堵坐，讀他的報紙。木桌上滿堆小粿小糕小餅乾，樓梯上依階擺著小桿秤小塑袋以及小小的小王，好像一整個世界都揚長化小了。大街似水，老王讀完第三則訃聞，翻去又一頁。小王啜完果汁，從吸管發出呼呼的空響聲。

然後有一天，小王高高興興喝完果汁，咕咚咕咚從樓梯滾下，一頭撞在老王背上。然後就死了。

老王說，那眞像一頭小象穿過他的心。他有位朋友，因爲某個自己事後再也想不起的原因，某天凌晨，穿著拖鞋、襪子、短褲與長袖襯衫，獨自在一片陌生的街區漫走。過馬路時，半空殺出一輛小貨車，等他看見，頭已經貼在擋風玻璃上，等他抱住頭，人已經翻到車頂上，等他想抓住車頂，車已經開跑，只剩下他一個人，躺在大馬路上，看見自己的右腿，貼在鼻頭上。朋友出院後，全身上下，連聲帶都修理過了，一開口，就會發出驚人的淒亮聲波。有一天，他們去為朋友慶生。朋友搭著助步器，以滿膛的聲量，壓過所有人合唱的生日快樂歌。朋友獨自一人，把重複的歌詞一句疊過一句，好像決心要在自己的紀念日裡，一氣揉踏生命中所有曲折，清滌時光底層所有暗萎。掩著鼓鼓振動的耳膜，從那天起，他們就比較習慣朋友身上所有新的改變了，連同他的聲音，連同他的步伐，甚至，連同那個莫名其妙的早晨，那張再也無人可能指認的小貨車司機的臉孔，他們都認為，那是屬於朋友的特徵。這樣的朋友，都可以在一座廢鐵之城裡，像顆頑強的磁鐵那樣不由分說地活下去，他的孫子小王，卻在開心地喝完純果汁後，就被地心引力給殺了。沒有留下任何特徵，他是惟一的證人，但時日愈久，他卻愈想不起小王準確的樣子，雖然他的心底，確實曾經穿過一頭象。

午前，我跟老人家們揮手道別，牽著一頭象回家。回到家時，父親還未醒來，像死去了大半輩子。我放下買給他的早餐，搬張椅子，坐在陽台上，慢慢風乾自己。我把與父親共同寄居的最後一處住所背在身後，那是一間頂樓加蓋的鐵皮屋，位於城南舊市場區。在鐵皮屋頂的覆蓋下，連影子都是熱的。除了電話，什麼都在熱度中叨叨出聲。屋裡的一切灰綠而黏膩，只等待樓下隨便哪戶人家按下抽水馬桶，一切事物就會突然跳起，漩渦般搖盪，隨水塔嗚咽。

通常是在接近正午時，灰綠而黏膩的父親會拔離床墊，渾身毛刺，像魔鬼粘，貼著客廳的沙發，貼著餐桌上他腐敗中的早餐，有時也過來貼著陽台上，髮梢枯黃的我。那時，我們就一起靜靜望著樓下的早市散去。錯綜的街巷，衝突不出的熱浪凝固在氣層最底部，壓制一切，連聲音都細碎如沙。第二戶人家又在唱卡拉ＯＫ，用最露骨的字句，抵拒表達的壞毀。每當人們喊到最驚心動魄處，綠頭蒼蠅就會從排水孔成群竄出，驚動那些袒著肚子，在攤面上午歇的人。當太陽偏斜，更多人從悶熱的午覺中醒來，把心神留在密不透風的房間裡。在街巷中，他們漫無目的閒走、乘涼。不小心撞進這片街區的人，在昏暗的光線下，看見那麼多炙熱的人影在路上走，卻又那樣安靜，他無法不覺詫異，像是自己正在夢遊。或要疑心自己是否患了失憶症，在每天重複的事件中突然覺得心空掉了，所以對眼前所見的一切覺得好離奇。

也許因此，當我先與父親道過晚安，看父親調好鬧鐘，目送他提著兩個五公升裝的空寶特瓶，準備出門時，我會鄭重提醒父親：「明天」是星期幾，是一年之中的哪一天。因爲西曬進屋的光線，或父親身上的什麼總提醒我：有一天，遲早，父親會連日子都丟失掉，就像他丟失掉我母親，或一點一點丟失掉我的童年。

更小的時候，在我猶簡潔地深信著父親時，我以爲所有人都像我一樣，是不時要跟著自己的父親在路上，不斷從一個住所搬到下一個住所的。某個傍晚，當他將我綁在計程車後座的安全座椅上，把紙箱、衣籠、大垃圾桶、摺疊床墊塞爆整輛車，我知道，那就是我們再次上路的時候：我們又將告別一個居所，掩火熄燈，像告別一個瘟疫地，永遠不再回來。那是輛很老舊的計程車，看上去好令人哀傷，但不知爲什麼，跟父親很搭。它像他的軀殼，他是它的靈魂。他們在馬路上一起蹦跳，有情感在交流，坐在車裡的人，即便是他的兒子我，即便年紀那樣小，也無法不自覺唐突。車內的一切都令我尷尬：明明看慣了的父親，看慣了的車，明明發散著熟悉氣味的家常雜物，以及，明明還在牙牙學語的我自己。我們招搖著，一同穿過滿城千萬條沒完沒了的街巷。

我總將那些搬遷之途想得異常迢遙，彷彿不如此，就無以對自己說明：我是如何在不斷的遷移中，學會說話，學會走路，學會了和手握方向盤的父親保持安全距離。然而，實情只是：什麼也不能說明什麼，童年記憶對我而言，總泛著某種可疑的搖晃光度，某種，像坐在鞦韆上，看柏油馬路，新與舊的樓房，甚至一天的時間，被靜靜呑沒在視角後方的流傾光影。細節，我能深刻記憶的，大概就是些無用的細節：某種封箱膠帶的氣味；某個從雜物堆裡探頭望我的布偶；某捲不斷倒帶從頭的流行歌曲錄音帶；某陣迷霧，來自車內突然停擺的空調；某個我以爲我將終生告別的街角；某次父親回頭看我；某回我的睡眠；父親的話語，夢一般的瞬間。說這些是無用的，因爲每次都一無例外，總是這樣的：只有當父親最後一次停車，我們才會抵達，然後那片像是從報廢片廠倉庫借來的，漸次暗沉的天色就會橫擺在我眼前。然後我就開始觀察，嘗試認出我將要寄居的新住所附近，有什麼特徵可供記憶。多認得了什麼，我也不覺得有所收穫。就像在某次搬遷時多丟失了什麼，我也不覺得有什麼眞正的損傷。

我倒是清楚記得那張安全座椅。我記得，最後它像頭死獸，被棄置在某個空房間的角落。我還記得某些突兀的遭遇。某些，當父親牽著我，爬上或走下各式各樣的樓梯時，突然乍現眼前的事物：管線曝露的燈泡，掛著雨傘的高窗，膠套鬆脫的扶手，懸在電表箱上的小鏡子。但除了最後一處我們共同寄居的住所外，我其實，已不能準確想起任何房子的模樣。

只有一件事能使我深信，我們確曾搬進那麼多不同的屋裡住過，那就是父親打開那些房門的方式。在那些樓梯間，可能有狗隔著鐵門對我們狂吠，可能有探頭探腦的人影，也可能，空氣中不知爲何，瀰漫詭異的消毒水氣味。但一切，都不影響父親站在一扇門前，專心思索的自信神情。那太不像他。那卻是一直以來，關於搬遷之途，我最難忘的一個片刻。他凝視門鎖。他想明白了，目光不離，伸手，從胸前口袋掏出菸盒。從菸盒的錫箔紙底下，慢慢抽出一捲細鐵絲。他將細鐵絲握在兩手間翻轉，捏塑，夾藏在右手的食指與中指間。他的左手輕貼在門鎖旁，像把脈，像聆聽，像對話，像施咒，像勸服。他將右手兩指靠在左手虎口上，我看不見細鐵絲，甚至幾乎不能察覺任何旋轉門鎖的動作。

只是無聲無息：像僅僅憑著意念穿透幻術，父親突然撤開雙手，門就輕輕在我面前開啓，更爲凝重的黑暗，如實在我們眼前顯現。那是另一個我終生難忘的片刻：當門開啓，空房子的氣味像棉絮，像羽毛，像塵埃，輕手輕腳在我們四周不斷落定。當那些細小的騷亂漸漸平息，總是十分突然，父親就會讓到一旁，像個謙恭的侍者，向前伸平手，邀請我率先走進屋裡。對我而言，空房子是這樣一頭沉厚的活物，無論最後一個搬離的人離去多久，在某個黑夜與白天交替之時，當我初次站在大門口，我輕易就能察覺：它正用牆縫，用水漬，用過往一天的全部餘溫，對著我去思念他。所以我無論如何不會過於小心。越過父親的凝視，我看著自己的鞋尖，像脫了鞋，在這世間就再無可立足之地的人那樣，慢慢地，一步步向前，恭謹地走進那片侵入光線的黑暗裡的，我們的家。

有一天，我打開大門，就看見阿發蹲在樓梯間，睜著眼睛，對著我叫。阿發是隻虎斑白腹的公貓，三個月大，削瘦見骨，不成比例的長尾巴向上捲起，碰著了大大的耳朵。牠的額頭長了塊霉斑：被母親叼出貓窩，過早離乳的棄兒印記。我們留牠住下，幾次搬家都帶著牠。牠很黏人，習慣大動作撒嬌，大聲打呼嚕，但每次搬家，都會讓牠安靜與冷縮好幾星期。每到一個新房子，一落地，牠總是垂著尾巴，匍匐著身體，四處搜尋，躲藏，低聲咕噥，回報牠的不安。那時，我總是跟在牠身後，嘗試通過牠的鼻，耳，感官，去觀察眼前陌生的環境。嘗試像牠一樣，對眼前的陌生提起該有的興趣，任何形式的都好。我一次次抱牠進貓砂盆，在牠面前，將飼料叮叮噹噹倒進碗裡，幫牠確認位置。我將牠抱在膝上，這樣輕輕拍撫牠。這樣，順著牠背上的直紋，梳理牠的毛髮，傾我所能，輕柔地馴服牠：從牠眼神，步伐，不輕易坦露肚腹的防衛姿態，我明白，牠正在笨拙地讓自己變回一頭野貓。這個意念，讓牠徹夜不眠，小小的身體微微震顫。

睡前，我會記住牠最後躲藏的地方，某具櫥櫃的高處，某個夾縫。第二天當我醒來，牠還蹲踞原位，但我知道，當我不再注視牠時，牠已經悄悄在房裡漫遊了好幾回，用習慣，用只有自己能懂的方式，一一撲殺房裡的大量事物：某個夜燈燈管低響的韻律；隔壁鄰人打開龍頭時，牆壁裡管線的流動；樓上某人的腳步聲；某扇徹夜瞠目望見街燈的氣窗；某個發散溝渠氣味的排水孔；所有的，無限的，只有牠可能感知的。那對我而言是這般神祕，我總好奇，站在初蹈的夜裡，站在一切懸浮事物的包圍之中，具體地說，是什麼感覺。會不會，眼前所見的，沒有一道線條是筆直的；透進鼻腔裡的，沒有一種氣息是安穩的。有時，會不會打心底懷疑，那些過於敏銳的感官，究竟是爲何而設：生存在所有人類都盲目酣眠的夜裡，牠不需要這些。會不會想起初有生命的那最初三個月裡，當牠躲在下水道的某個縫隙，當城市的大雨傾盆落下，眼前的水流如蛇如龍，向牠湧來時的感受。過於紛擾，如熱似冷的知覺。可不可能廢黜自己到某種地步，連記憶中，過早的死亡威脅也一併徹底遺忘了。

倘若這樣，能不能滌淨某些溫暖，某些撫慰，將深入毛孔、摻入血液的人類指間的氣味一併拔除，重新野放自己。「因爲他人總是不徹底的善意，我已經不可逆轉地，長成某種怪物了。」牠會不會這樣想。就像變色龍會集體獵殺擬態能力過於高強的變色龍，當牠重新站在一片野草地上，那著毋庸議的自然裡，牠的天敵，將會是所有一切，包括牠自己。

從到新房子的第一天起，牠恢復大量進食的習慣，就像我們初次領牠進屋時那樣。牠吞嚥超過身體能負荷的飼料，蹲踞著，等待胃將飼料磨蝕成糜，牠就起身，在房裡的過道、角落四處嘔吐。直到牠只能嘔出膽汁，牠就再次蹲回飼料碗前，固執地進食。牠像是要用自己的方式，消化掉整間屋子。牠的毛髮開始失去光澤，糾結成團，似乎已經打定心意，倘若不能讓房子滿溢牠所熟悉的氣味，牠就不躺臥、不撒歡，不做一隻討喜的家貓。直到某天夜裡，牠留下半空的飼料碗，逃了出去，從此不再回來，好像牠終於也受不了自己這樣努力似的。

這件事讓我思索良久。站在黏滿嘔吐痕跡與貓毛、像是腸道一樣的走廊上，我著實想了很久。我發現自己非常喜歡阿發，很想念牠的頑強，與種種怪癖。特別是某些深夜，當我醒來，轉頭，會發現牠蹲在我的枕頭邊，用亮綠的眼睛，像觀察陌生人一樣打量我。那時，我總伸手抓抓牠頸項的軟肉。牠會翻個身，輕輕抱住我的手，輕輕踢咬，然後模仿幫幼貓治病的母貓，閉著眼，用粗粗的舌頭，輕柔地舔著我的手。我很喜歡牠，喜歡牠竟然這樣輕柔地記得的某些事，這樣地像是本能。對於牠的離去，我不能多說什麼。多年以後，我甚至不能輕柔地記憶：牠到底是從哪個房子離開的。

縱使如此，有很長一段時間，我仍私心認定阿發是我最要好的朋友：牠並沒有離去，只是我不再看得見牠而已。我開始練習，像阿發就在我腳邊那樣跟牠玩，笑牠撒嬌的可愛舉動。日子一到，就拿起剷子去把貓砂翻上一翻。我覺得自己已經成爲這個世界上，最會逗貓玩的人了。這是意志力的對決，我，和離去的阿發：假如我比阿發還頑強，堅持牠還待在屋子裡沒有離去，有朝一日，我會成爲世上惟一看不見阿發的人。

那時，阿發就眞的還待在屋裡沒有離去了。

我開始實驗，在父親面前和看不見的阿發玩把戲。

我蹲在父親的視線底，伸手，召喚阿發來到我跟前。從我的雙手延伸出去，有無數條絲線聯繫著，牽引著在離地不遠處不斷拼湊成形的阿發：記憶中，昨天的鬍鬚，今日的耳朵，額上早已不見的棄兒印記，脹大又縮小的乳白肚腹。像翻檢一團毛線球，我空手翻檢著阿發，讓悶熱的空氣底孵出一隻誰也看不見的貓。

父親不聲不響。那樣的時刻，父親通常只是靜靜看著我。父親究竟有沒有眞正看見什麼，把什麼太往深處想，我其實並不確定。他臉上經過特訓的表情，時常有種曖昧的空洞。有時我覺得，就算我在父親面前突然倒立，或沿著牆壁爬上天花板，父親大概也只會坐在那裡，不聲不響看著我。

那眞的就只是空洞而已，很可以憑自己的心意，塡上任何意思。也許因此，我從不確定自己是否眞能騙過父親。那些夏日，當我走出泳池，在每次的告別後感覺什麼一點點成熟了，我就將小王和阿發別在我的胸膛，像一朵朵永遠盛開的花。我帶著他們，一起去爲父親買早餐。提著冰奶茶與三明治，走過長長的街巷，陽光總一下子就將塑膠袋溶出水滴，讓整份早餐顯得很緊張。我看著父親的食物笑。我對他們說，每天，每一天喔，我都走這同一條路，將這樣一個濕淋淋的塑膠袋提到父親的餐桌上，我猜想，成長必經之途，無一不是荒誕的。照料父親眞的很辛苦啊。有時，我也曾幻想，會不會有一天，我將提著父親的早餐，頂著近午的太陽，去到更遠更遠、連父親的空望都無可企及的遠方，從此就不再回來見他。我將搭上十一時四十八分，從城市地下月台發出的特快車，很久以前，我就打聽好了。我知道它將在何時鑽出地底，會從何時起，沿世上最寬闊的那片海洋縱走。我很年輕，沒有需要收拾的行李。雖然我只有七歲，但我樂意比現在更年輕一百歲，任何有月台的地方，我都願意在黃昏時下車。任何我能活過第一晚的村鎮，我相信，我都可以在那裡獨自生活。但我無法那樣做。在長長的街巷底，那片荒廢一世紀的工地旁，芒草像髮絲，披散過柵欄。柵欄底下，就停著父親的車。它像是剛剛出土，像化石那樣新，他將它靠放在哪裡，哪裡就成了考古現場。一切就凌亂而傾倒，於我盡廢如荒原。所以我回來了，彷彿我已去過所有地方，卻並不比任何人更熟稔這個世界。

父親總在「明天」回來，在光影最曖昧的凌晨。那時的我其實總也醒著，有時，躺在床上，我會以爲自己聽見他的車開進舊街區，開到那片廢棄的工地旁，半邊車開上人行道，然後熄火。他從歪斜的車裡跌出，去後車廂搬出那兩個如今裝滿水，合計達十公斤重的寶特瓶，疲累地向我走來。他上樓。他進門。他又在陽台、在餐桌前，在客廳裡坐一會。他提起寶特瓶，將裡面的水傾進開飲機。機心吃水，小聲運轉起來，那細微的聲響像是他家常一日最末尾的點點小小的刪節號，讓他心安許多。

這是父親的另一個側面：他的每天看來更愈近中年的臉廓，貼在加溫的水體外，腦袋卻逐漸凝固，彷彿石化了一樣。父親說城市的水有管線的氣味，所以他每天開車到城市邊緣的山泉站，載水回來喝；父親適應晝伏夜出、賺取加成車資，自以爲可以多點時間照料我的生活，但其實，他始終無法適應「父親」這個角色。

我猜想，父親終究並不擅於照料人。在很久以後的今日，當我回想在他身邊的，那些情感、話語與行動都彷彿是在乾涸中求生的大旱年頭，我眞心以爲，沒有人該因自己不擅照料人而受責、受苦。偶爾，在午後也會下起西北雨，那是我們的頂樓鐵皮小屋最悲慘的時刻：耳裡盡是叮咚的敲打聲，鼻腔被一陣陣充滿鐵鏽味的水氣沖襲，世界一次次沒頂，我總覺得，倘若我是盲人，坐在那間屋裡，一場暴雨輕易就會橫奪我所有感官。因爲我不是盲人，在迷茫的視線底，雨中小屋對我而言，像幽靈般盤桓不去的同一場病：定期發作，定時以它張致的觸手從我心底翻出，攀援浮木一樣企探小屋的四壁，那些我能察知的小小世界的小小邊界。它們將我固著，某種壓力，像是固著在水裡一樣的壓力塡塞我所有孔竅，我的太陽穴突突跳動，心，肺，胃，所有空洞的臟器一起攝向空洞的最中心，簡單地擠縮。我不是盲人，只是半張著眼，呆看自己的感覺壞毀過去。可能，同理的感受也死了；在那樣的擠壓中強烈覺得自己必須哭喊，然而，那眞的也只是某種沒有對象的需要而已，事後想來，自己是會爲當時那樣的哭喊，覺得好羞愧的。

在那樣的時刻裡，有時在我身邊的父親，都在做些什麼呢？記憶就這樣一絲一毫錯開了：我想不起來。可能，他也曾嘗試靠近我，擁抱我，拍我的背，用某種對他而言始終彆扭的姿態撫慰我，讓我在那間水聲橫溢的小屋裡，怪異卻又好像正確地察覺，人的內裡其實也是液態的：行走的水，發聲的水，承感的水；在沒頂之上的大旱年裡。他的話語就這樣費力地篩漏進我耳中，可能，他在嘗試對我說明：暴雨並不可怕，只要有人一同經受。一個豐饒的夢境費力地篩漏進我耳中，他對我描述，當豆大的驟雨灑在曬穀場的熱地上，空氣中如何有一種芬芳的氣味爆散開來。然後雨下大了，激起及肩的煙幕。然後左鄰右舍連聲呼喊，笑鬧交雜緊張，如何這樣合作著，用帆布這樣遮蓋黃穀激成的塔尖。

是啊，那些夢，那些父親在我們的雨中小屋裡，費力去表演與複製的連串勞動，不知爲何，在我心中尚能活動的某個角落，總羞愧地聯想起阿發在那些瘟疫密室裡的獨力作爲，那些酣飽與嘔出，以及最後，牠的離開。我感到羞愧：父親最珍視的記憶，嘗試與我分享的，我無法像他那樣如實感受，而那並不是因爲我年紀太小的關係。

在那些夏日，有些時候，陽光太好，我也曾嘗試矯正自己。清晨出門後，我沒有去游泳。我帶著阿發和小王走到游泳池旁的文化大樓，在門口坐著靜靜等候。直到他們來把大門打開，我走進大樓，搭電梯，走向七樓的圖書館。出了電梯，我在圖書館門口的布告欄前站一會，搜尋那些失物招領、新書展示和演講訊息的布告；搜尋我理解了多少字義，理解了多少人對另一些人沉默的要求和告知。

我走進圖書館裡的參考室。我很喜歡那地方，因爲無論何時，它都是圖書館裡最空曠的地方，只有半瘋的學究，或不分晴雨總攜一把黑傘、總像在跟自己說話的半瘋正常人，才會鎮日坐在裡頭。那裡有很多辭典和百科全書，我很喜歡這些書，特別是它們的幽默：有時它們那樣正經耐煩地，對事物說明了半天，突然「好吧」，在角落出現插畫，告訴你：「我說的就是這個啦。」我總是搬了一本最厚最大的辭典或百科全書，和一本小小的兒童辭典回到座位上。我查大書上關於某些事物的解釋，然後用小辭典，慢慢把大書上那些解釋裡的所有生字查清楚。

關於「憐憫」、「盲目」，「曬穀場」；關於父親使用過的詞，化合成的故事。一個早上，在這樣的遊戲之後，當我走出文化大樓，多少覺得自己也有文化了。當我提著父親的早餐，走到工地外，不會突然覺得想把他的早餐吃光，把滲水的塑膠袋捏成球狀，狠狠地扔進工地的圍欄裡。穿過那片舊街區，被從早市散出的人潮推擠著，逆向而行，我偶爾會走回工地前，繞過父親的車與圍欄，穿過圍欄旁的防火巷，走到工地後那片自然而然形成的垃圾場裡，在垃圾堆上一張舊桌子靜靜坐一會。熱氣越過我，陽光嘗試擄獲那些被大樓切下的焚風，所帶起的一切浮懸事物：一個紅白相間的塑膠袋，或一頂黃色小帽。我將在那時學會的許多事一一攤在垃圾堆上驗證。我想起，有一天，父親嘗試帶我去看他記憶中的雨。在午前，他帶我走出鐵皮小屋，到巷口麵包店買了西點餐盒，走進工地旁，坐進他的計程車裡。我以為那會是，會終於是某種迢遙的，有父親導引的返鄉之路，就像我在書上讀到的那樣。然而父親說，我們就坐在車裡，等看雨落下。轟隆隆響起悶雷，我坐在後座，父親身後，搖下車窗，可以感覺空氣裡溫度的劇烈變化。

當第一陣雨落下，炙熱的柏油路面點點飄起，像消散的世間之途。當雨勢轉大，我們不得不關起車窗時，我看見遠處，近處，四面八方都被水氣籠罩。世界一片淋漓。雨狂暴地下著，夾雜閃電的光。父親讓雨刷在雨中無謂地擺動起來。停，擺過一回；停，再擺動一回。光線暗下，調整視角，我看見父親的側影映照在助手席旁，瀑流一般的玻璃上。我低下頭，假意專注吃著餐盒。過於安靜的車廂與和好的氛圍，在多年以後讓我感傷了起來，我想記得父親的這樣一個側面：他看來真的開心。

有一天，父親也曾在「今天」回來。那天城市的傍晚意外地清澈，走在舊市區的街巷，甚至能貼頰感受到越過河堤的微微涼風；坐在陽台上，甚至能看見金星與半個淺白的月，在天際亮著。我看著父親上樓，進屋，把一個罈子擺在電話旁，說這是他的鎖匠弟兄，今天他要和我們住一晚。在與父親難得的共聚晚餐中，我偶爾會抬頭，越過父親，交替觀察那口靜止的罈子，和那具電話。我非常想看見那具在我印象中從未響過的電話，會在那時響起，要求應答；也許這樣，我可以確定罈子裡的什麼的確是死了，而不是還在就地壞朽中。然而，幾乎就像什麼也沒發生過，或父親其實是想以一種百科全書式的幽默，要我明白生命中最晦暗難解的事情：第二天早上，他就穿上那惟一一套西裝，帶著罈子出門，然後空手回來。

在那之前，以及在那之後，我有很長一段時間，不再去特意留心天氣。我對天空最後的印象，停留在一個插畫式的景觀：陰天，傾斜的灰煙在攀升，融入雲層底。那時，在火葬場裡，父親遵照一位我只見過一面、但非常可能其實就是父親生平惟一一位好友的遺言，在一牆之隔，等待好友被焚燒完成。每一回想，當時的世界裡，總有些什麼會突然地過於熱絡，令我敬畏。然而，父親的態度卻再次提醒我，眼前所發生的事，實在是人生中最怪異、卻也最自然不過的事了：這是多年前就已設好的約定，因爲好友，那位鎖匠弟兄不知爲何，沒有其他親友，就由我父親，這個尚能、或者尚願意記憶他的人，來爲他代行喪儀。

這是父親：薄弱地存在於情感的刪減中，對我而言，他簡直像是現成的，攏綴人事的黑洞。在他身邊，在那其實早已沒有所謂共同的「日常生活」裡，他一直像是比死亡稍提前一刻的疏散。多年以前，當父親仍在路上開著計程車，那時，整片舊市區在早市營生的人都沉沉睡去。孩子們全都回家了，那時，整座城市就像被我收復了一般。有時，在夾藏著星光的黑暗裡，我會下樓，走長長的路，去到城南之濱，高聳的河堤上。坐在被太陽曬暖一整天的河堤上，風總是特別涼爽，高架道路、河面與橋樑的稜角，全都因此而圓融。有一夜，我在那裡獨自舉行了一場喪禮：我走到河堤外的河濱公園，在一片光禿的土地上，我挖了一個洞，把父親的鬧鐘葬在裡頭。埋葬它前，我設定好了時間。我想像葬禮之後的每天清早，它會在自己的墳裡吶喊、狂叫，但卻不再會有人舉起手來拍滅它。因爲它已經死了，只是定期會發病。但過不了幾天，父親又帶了一個新鬧鐘回來，和原來的一樣一樣。

他在流浪，但他不喜歡變化。也許因此，一切的遠離都是假的：無論他在或不在，無論我推開的是哪一道家門，會覺得自己都像初初推開門，走進一間永遠過於蔭涼的屋裡。即便是在多年以後，當我越過開車向海之時的他的年紀，會仍覺得他具體地還在不遠的前方，手握著方向盤，佯裝自己成為一個幸福美滿的人，像每位盡責的父親。而後，在一間暗房裡，他的蒼老還在我的左近流肆，只是擺脫了他。手爪子翻弄櫥櫃、找那些永遠找不到的小物品的聲音；喝完粥，反芻口水的聲音；在深夜起身，摸索著開燈的聲音。擺脫了他的，一點一點重新尋獲我。

那總是讓理應最親近他的我感到尷尬。我想起有一天，就在我放棄在他面前，跟阿發玩了以後很久很久，他突然搬回許多裝土的塑膠盒，幾乎鋪滿整個陽台。過了幾天，夜裡，我被陽台上的聲響驚動，走到客廳，隔著紗門向外瞧。那時的月光透進鐵皮屋頂，城市的所有水塔揚著均勻規律的水聲，一切都在冷卻。我看見一小角陽台上，無數株貓草在白色塑膠盒裡，在褐色培植土上抽長。每一點草尖，都頂著一顆晶瑩的小水珠。父親居然在陽台上蓋了一個微型莊園，一整片草地在夜風裡，四處發散歡愉的氣息，只有嗅覺最敏銳的貓可能聞見。於是，我親眼看見無數位孤僻的夜行者被召喚而來，翻過牆垣，造訪我們的滓冷的陽台。牠們愉快地伸展四肢，就那麼醉倒一夜。

那之中並沒有我想念的阿發，那時的父親也並不在場。但不知道爲什麼，特別是在那夜之後，我衷心相信，阿發必然還在我看不見的地方活著。不知道爲什麼，在父親離開多年後，我依舊無法對人說明的只是：特別是在像這樣他並不在場的時刻裡，兒時的我，會衷心喜愛著，這位從未準備好要當父親的父親。

□

提著生日蛋糕，站在父親身後，許豐年想著父親始終教他要堅強。「雜菜麵，乾切肉，白帶魚。」父親靠牆站著，又喃喃念起咒語。他始終不明白那是什麼意思。他想起車廠的荒地上，有一顆大石頭，石頭上排刻著「篤注」兩字；下排四行，則各題著「現顏」、「過程」、「判任」及「敘績」。他在光武島兩年，左讀右覽，還是弄不懂這些字在說什麼。他想過這些字也許該用當地方言讀，就請教了陳佳賜。陳佳賜說他也不明白，但記得這些字，是他童年時一位老士官長鑿的。老士官長後來瘋了，人躺著被運出島了；更後來，大石頭成了車廠的幸運符，每個人要出車前都要去拍拍它，祈求平安。後來想起，他是在那顆大石頭前，最後一次見到陳佳賜的。當時他並不知道，陳佳賜和那顆最後將殺死他的廢彈同齡。「殺死」，是最精簡但卻最清楚的說法了，事實上，在島最南端的燒爆場，當那顆無後座力榴彈在他面前，被他袖管的靜電引爆時，他整個人被切削、被震裂、被熔蝕成億萬片，瞬間隱匿無蹤，什麼都找不到了。

他記得那天，早查過後，任務分派。連長發出車單，要他去港口支援，拉新兵十五員往營部新兵隊。他轉頭看下山坡，光武島冬初的海呈淺藍色，遠望時薄如蟬翼；然而，海面上強風一起，已能將全島凍得瑟瑟發抖。他請示連長，是否去庫房取外套給新兵。「不然咧，」連長說：「冷死了還不是我倒楣。」連長要他帶林雙全去放放風，回程時順道帶他去野戰醫院。「看好他，別讓他再搞我了。」「報告是。」他敬禮。從廁所旁的小徑前往伙房，他看見林雙全一個人蹲在伙房門邊刷大鍋，嘴裡嚼著什麼，臉上吊著鼻涕，綁腿鬆脫，衣袖和褲管都濕了，耳朵上被老鼠咬的傷口還包著繃帶。他把窩在伙房裡的兵喊出來替手，帶林雙全轉往庫房。「你小帽咧？」他問。林雙全從屁股後頭抽出揉成一團的軍帽，戴上，人顯得更可憐了。林雙全在發臭，走過糞坑旁都還聞得到，因爲他不主動洗澡，也不換洗衣物。他最近一次進浴室，是上週五傍晚，他嘗試用菜刀在裡頭割腕，但菜刀太鈍，失敗了。當天晚上，大家照常輪番進浴室洗澡。第二天，所有人都笑林雙全。第三天，被連坐處罰完的一班伙房兵圍著林雙全，要他把菜刀一把把全磨利了。

繞過寢室，走進林子裡，綁在樹下的連狗延航遠遠嗅見林雙全，親熱地竄跳。不知道爲什麼，延航特別喜歡林雙全。他走到石梯旁，望下，看見菜渣坑旁，回役兵劉俊雄果然蹲在草叢裡抽菸摸魚，挺享受的樣子。劉俊雄十九歲起當伙房兵，不斷逃亡、不斷重分發回部隊，快三十了還沒有把役期摸完。他最初服役的營區在自家附近，隔著圍牆即能望見家門，因此他常忘了自己正在當兵。他會翻牆回家，找當時剛出生的兒子玩。後來他愈搬愈遠，兒子也上小學了，明白自己父親並不是打卡下班的上班族。不時，放學時兒子會發現憲兵等在巷口，他遠遠望見逃兵老爸又翻牆回來了，後面跟著所有老爸害怕與逃避的東西，一起煙塵滾滾殺到他面前，又給帶走。

林雙全把嘴裡嚼著的一塊爛肉吐在手心，餵延航吃。他放林雙全和延航玩，走下石梯，找劉俊雄。「這次打算待多久？」他問。「怎麼逃？」劉俊雄看看海，覺得好笑，打菸，他擺手推拒。「你們伙房很亂，你管一管。」他說。「我？班長別鬧了，整間都暴徒，炒菜都不用開瓦斯咧，我算小嘍囉。」「你算客人。」「很幽默。客人難斷家務事，只會倒菜渣。」「看不到的地方，你罩一下林雙全。我擔心出事情。」「林雙全喔，」劉俊雄把菸蒂往菜渣坑一彈，又抽出根菸，單手在指間漂亮地轉了一圈：「連仔不怕事？幹麼不把他弄開伙房？」他想起連長微胖的委靡身影：「我不知道他想什麼。」「這個連仔會玩。放大家客人整客人嘛。」劉俊雄彈彈他肩上的士官階：「別擔心啦，全連弟兄我最看好林雙全，遲早扛霸子。」他被劉俊雄的表情逗笑了。「屁話，」他說：「除非世界瘋了。」

爬上山坡，荒草堆中，連隊的垃圾場又滿了。一包包垃圾堆疊成一座山，最底下的一層應該已經又長滿蛆了。他計算著下一次清運的日期，想起陳佳賜說的：自從國軍進駐，帶來大量菜渣與垃圾，島的天上有了老鷹，地上有了老鼠。他要林雙全一起將外圍散落的垃圾袋拖起，集中。林雙全說手痛。他忍住脾氣：「手痛的話大概也不能搬外套去港口了吧。」林雙全說手好了。

在庫房裡，與林雙全背動兩垃圾袋外套，重回連隊，越過伙房，往車廠去。

他想起兩年前自己登岸的那天，當船艙打開，他首次望見光武島：雨霧之中，一座直逼海岸線的巨大山頭。海是混濁的，因爲彼時正在修港的緣故。在陸上整完隊，他們也這樣從垃圾袋裡拿出舊外套，暫時披上。舊外套是已退伍的軍人留下的，有毛領，穿來潮濕搔癢。回想起來，他發覺彼時的自己竟沒有意會過來，這誠然是一個很好的啓示：有朝一日，當他離開，他也將只會留下這麼一件愈見破爛的舊外套，給初登港的人。比發狂的士官長還不如。抵島前，母親勸誡他要注意安全，尤其不要站在車子後面，會被輾過。他愣了愣，試圖揣摩出現在她腦中的影像：對這個從未離開過山村的人而言，光武島究竟長成什麼樣子。之後每回休假回去，倘若她問起近況，他總將事情說得簡單許多，略帶浮誇，他說自己是「公路運輸領導士」，在一軍之中，領導一輛十噸半軍卡，鎮日在那惟一一圈環島公路上，高高低低繞行，工作輕鬆自在，什麼都看在眼裡，什麼都不掛在心上。他要母親將他想成觀光風景區的計程車司機。雖然他發覺，他對島上漸漸什麼都看不準確，什麼都往心裡去了。

走進車廠，他看見陳佳賜和聯保廠的兵已經到了。兵正在暖車，陳佳賜則正在爲那輛幽靈車擦燈罩。幽靈車該有的零件都有，能換的都換了，每年裝檢都過關，都不必報銷；但就是無法開動，停在車廠空地已達半世紀之久，像一間不斷裝修的小屋。如同前日，昨日，陳佳賜今日還將前往燒爆場拆廢彈，他知道，陳佳賜是光武島人，自願從軍，學會唱軍歌、摺棉被等許多把戲，只爲了能留島日復一日專注做這件事；彷彿廢彈拆盡，光武島就復原了。不知道爲什麼，這時常帶給他一種十分複雜的感受。他和陳佳賜去拍拍大石頭。他默默祈願陳佳賜平安順利。抬頭仰望，車廠外，環島公路曲折高起如捲軸，鳥鳴依依。望海兩年，他的眼神變得湛藍，可以從鳥鳴叫的方式，分辨出陸地的遠近。海面上追逐漁汛的海鳥聲音接近緘默，偶爾停在船上歇足時，像窗上的剪影，斂喙收足，一動不動溶進亙古起落的海景中。光武島上的小野燕，聒噪而輕靈，一如腹地緊貼山脊的小島本身，總繞著圓，俯衝向山壁，或者那條在霧中發光的公路。至於山村的飛鳥，則彷彿都鼓著鳴囊，聲響有了音階，有了立體的空間感，彷彿是在說明，處於此地的人們，背對的，永遠比面向的廣漠。

回想起來，當時的他已經知道了，但卻沒有來得及想起：對光武島能產生深刻影響的事物，並非如他初始以爲的那樣，如他自己初蹈時那樣，會在島正式的港口靠岸；會由運補船一趟趟，緩緩慢慢輸送向島。環島公路避開燒爆場，陳佳賜最後現身的地方，在近處一分爲二，各自曲折下沉；較窄的那條迂迴穿過防風林，穿過營舍，穿出一道高牆，通往島的軍港。那甚至不宜稱作「港」：高牆之外，只有一面淺淺的沙灘。深夜，大漲潮時，軍艦直接撞向沙灘；到了退潮時分，艦艇自然擱淺在沙灘上，艙門大開，那時，一撥撥軍人從營舍湧出，將艦艇裡的物資搬運上岸。砲彈，車輛，甚至圖書館的建材，都是這樣運上島的。那時，兒時的陳佳賜正在深夜裡安睡，尚未失去誤觸地雷的父母；那時，從南方兵工廠，一顆顆嶄新的砲彈由列車拉起，穿過另一些孩子們甜美的夢鄉，直達北方大港，再搶運上光武島。那顆殺死陳佳賜的廢彈在其中。令人悲傷的是：彼時的它看來那樣光亮，健朗，並且目標明確，一如獨自努力活過多年、即將消失前的陳佳賜。

再次約談，問他犯了什麼錯，他咳嗽，仍然回答：「想不起來了。」他記得自己被拔了階，卸下皮帶、鞋帶等一切可用來傷人或自殘的東西，提著軍褲褲頭，捲膝踏腿，游進病院裡，等候准允離開的通告。冬令時間，每天，起床號在晨間六點響起，他在床前站定位，等候盤點。然後是早飯；然後等吃午飯；然後午休、午查；然後等吃晚飯；然後晚點名；然後熄燈號。然後，是第二天的起床號。日復一日，他反覆整理個人內務，將制式的床和櫃，切齊地板上的油漆線；將柔軟的，例如棉被，摺成硬塊；將有形的，例如洗臉盆，變成隱形。他不知自己將待上多久，惟一能做的，是親手將時間細細消磨、碾碎，像倒進沙漏的瓶頭，倒過規定的節點，讓一天順利過渡。

自由活動從下午四點開始，持續六十分鐘。未獲准到後院走動的人，必須在中央走廊列隊，前往浴室洗澡。從他進來那天起，雨似乎沒有停過；在中央走廊，他聽得見雨聲，看得見從後院回來的，一張張凝冷的臉。在連空氣都鏽壞的潮濕裡，人們告訴他，病院的前身，是停藏坦克的車堡。他相信它可以曾經是任何東西。踩著防滑墊，下到浴室。打開水龍頭，前五分鐘出現水蒸氣，五分鐘後，滾出滔滔的泥水。整座病院，所有管線一同哀鳴，熄燈後，依舊在牆裡嗚咽。夜深人靜，水從天花板鑽出，準確灌注他左手邊一張空床，被床上的棉被涓滴吸盡。棉被脹大三倍，發出令人難忘的氣味。沒有人去移走棉被，沒有人去動那張床。人們說，棉被和床是留給上校的：自從上校被坦克履帶輾成爛泥後，就只有雨天才爬得回來。他相信。

睡他右手邊的，人稱「小偷」。小偷眞是小偷。每星期四，看完莒光節目，有人來發放日用品。所有人在中央走廊列隊，用領藥櫃檯邊，一支綁在柱子上的簽字筆，將一模一樣的用品，標上個人記號。星期五，泰半用品不翼而飛。人們自動走到小偷床邊，打開置物櫃，當著小偷的面，也許還聊上幾句，取回有自己記號的東西。沒有人抱怨。小偷教會他如何開鎖。整理內務，或熄燈後的時間，小偷用龐大的熱情、一截偷來的蠟筆和一堆廢紙，傾囊相授關於鎖的知識。紙上談兵久了，有一天，他問小偷，能不能開中央走廊頭尾，那兩道鐵柵門的鎖。小偷不屑地躺倒，說：「整個病院，只有那兩個鎖可以叫鎖；也只有那鎖喔，就算開了也沒用。」

兩個月後，他獲准抽菸。他不會抽菸，但獲准之後他馬上學會了。三個月後，他獲准參加自由活動。第一次到後院，他擠在依著雨棚，貼牆，圍著口字形的人堆裡，看雨穿過城市灰黑的空氣，拋進天井，漫漶幾乎光禿的草皮。他不斷繞著後院，穿行過人群，只爲了看清雨的動線，與在雨棚頂彈跳的光。他走到北側，聞到隨雨拋入的，汙泥的氣味；那使他想起，病院的南側，應該是河灘與堤防。他走到南側，一整條馬路，馬路上所有人們的生活重新對他開放。他首次意識到，病院的牆，那間長條形，病床連綿對開的病房，與病房裡的他，都是貨眞價實存在著的。當鈴聲響起，他們一一走回中央走廊時，他感到前所未有的沮喪。

當天夜裡，他不能成眠。小偷爬下床，蟄在黑暗裡，做例行演習。一點夜光，讓他看見小偷神情肅穆，採高跪姿，跪在一堵置物櫃前，伸手，用虛擬的工具，開櫃上虛擬的鎖。像絲一樣，小偷柔滑地拉開櫃子，又蟄進黑暗裡。片刻，小偷出現在自己床上，扔給他一根香蕉。他接過，檢查香蕉皮上的簽字筆記號。「不要鬧，」小偷說：「這是我自己的。」說著，掏出另一根香蕉，剝皮，聳聳肩：「沒做記號的都算我的。」

他們吃著香蕉。每隔三十秒，水淩空降下，傾注棉被，然後小偷就會渙散地喃喃：「上校回來了一點點。」像在報時一樣。「有一個故事，」他告訴小偷：「說有一個人坐了二十年的牢，出獄一個月，又因爲某事要回去關一年。他聽完審判，當場咬舌自盡。以前我以爲這是個笑話：二十年都熬得過去，再一年怎麼會打垮他？下午，我發現，這是可能會發生的。」小偷說：「倒過來結果會不同嗎？」「倒過來？」「先讓他蹲個一年，再判他關個二十年，整件事就會變得比較可以忍受，就不會想咬舌自盡了嗎？」「我倒沒想過這問題。」「好好想，」小偷拍拍他的肩膀，說：「你時間多。」

他眞的仔細想了。他每天在心裡演繹小偷提出的問題，那愈來愈像用一天裡，所有變幻不定的情緒，換取通往後院的門，對他開放的那一瞬。他自動自發，逐日養大菸癮。領藥櫃檯邊，有一個打火機，同樣被綁在柱子上。每天第一個吸菸者使用它，之後一整天，在吸菸室裡，火在每個人的菸頭上傳遞。擠身在閉鎖的斗室裡，他愈來愈像看火者，只等待下午四點的到來。時間變得像果凍，他好像能坐在自己對面，清楚看見自己的雙眼被嗆得血紅，像一團逐漸淡去的廢氣。要謀殺那樣的他非常容易，只要當他的面，對他說：「那片髒汙的後院，爲了你好，我們已經決定，將它從這世上廢黜了。」可是，沒有人對他說這些話。人們只是定期問他：記不記得，記不記得，記不記得。有時，他想，那片髒汙的荒地，他們將爲他保有它，永遠。直到他能想起自己的罪行。

五個月後，小偷離開。小偷的驗退審查未過，得重下部隊。小偷聳聳肩，表示無所謂，反正已經偷了好幾個月的役期。小偷是義務役。「你還記得，」臨走前，小偷問他：「軍中沒有人玩眞的吧？」他想了想，沒有回答。「所以你可千萬別弄假成眞，」小偷說：「努力想辦法滾出這裡吧。」他苦笑。「什麼嘴臉？」小偷邊說，邊寫了聯絡方式給他：「所以現在站在你面前的我也是假的，出去以後，千萬別聯絡我，害我尷尬。除非，當然，除非你『眞的』苦到不行，要小弟我照應。」「嗯。」他答應著。多年以後眞的實練了開鎖，眞的再聯絡了，他發現小偷早偷了一整座療養院，把自己關在裡頭。他決定照應小偷。

將計程車停在山腳下，提著帶給小偷的衣物與食糧，他刻意步行，一個人慢慢爬上山路。他想著，也許有一天，就像再聯絡小偷，他也會按老頭最後一封來信所留下的地址，前去探訪，看老頭是否終成幽魂。他將搭上夜車，晨曦初露時，在一處偏僻小站下車。他沿站外惟一一條馬路，穿過一座採砂場，暗自慶幸太陽還未完全醒來，否則他一定會死在這一無遮蔽的道上。他走到山腳下，鑽進隧道裡，隧道超級長，長到他走著走著，開始懷疑自己根本不是身處在一座島上。當他終於又看到天空，太陽已經正掛當中，他望見幾間鬃白平房靜靜躺著，海水藍得令人想啜泣。他離開馬路，走進平房聚落裡。一下坡，蔚藍的海就不見了，他走著，瞥見幾個小孩也貼著牆角，警戒地盯著他。濕氣濃重，四周悄無聲息，只有遠處一根鏽蝕的旗竿上，半面國旗不斷震動，他心中升起不祥的預感。但終於，他必會看見老頭靜靜坐在一間屋前，無論是否還活著。

必定是這樣一間低於一切光照的小屋，屋裡，獨居者的一切器物攏聚黑暗，宛如棺廓。他越過在門前透氣的老頭，將肩上沉重的行李在門邊卸下，花了半刻鐘，清出一個可以安坐的位置。門外，他聽見一個小孩的聲音在老頭身邊響起，聲音說：「爺爺我今天要告訴你的祕密就是他上次又作弊才考贏我他還跟老師誣賴我偷他東西我好想死喔爺爺。」「喔，」老頭呵呵笑著：「好乖。明天再告訴爺爺一個祕密吧。」那聲音沉默一會，輕輕說：「好吧。」又過片刻，他看見窗外，一個小孩垂頭喪氣慢慢走遠。他再探看老頭，老頭還是專心致志坐在窗外一把椅子上。老頭想必還笑著，但他真不知道老頭剛剛看到什麼、聽見什麼，就像他童年時那樣。

記憶中，童年的山村是一間間，由流浪者所帶動的房子組成的。那時，每當父親從田地回來，總是先進餐室，就尿桶解手，然後轉身，放下吊在牆上的舅舅；然後，父親才要他去打開家裡的每扇門、每扇窗，「讓空氣流通流通」，彷彿屋裡才剛舉行過喪事。一打開大門，當黃昏的光照進，他看見老三合院亮了。隔著庭埕，鄰人開敞房屋，向他們靠近。在捧飯碗蹭飯桌、狗跳豬叫的晚飯時光，每當那位癲瘋老人踱到樹蔭下，他的婆嬸們總會端一碗熱騰騰的菜飯，要他端去給老人吃。兒時的他知道世上有饑饉，有戰亂；也知道它們都發生在遠方。在山村，沒有不能化解的爭端：在悶熱的床板上，一家晚眠；夢語聲，磨牙聲，日間的口角與擦撞，在睡眠裡，由每個人持續各自演習，在演習裡各自輕柔地修復。昨日和今日沒什麼差別，而他也還沒有長大。

記憶裡的山村，不特別封閉，不特別開放；山村人不特別殘酷，也不特別和善。在沒有差別的每一日裡，山村發展出自己的時序。例如夏天，對山村而言，那是四鄉遊民浮動的季節。那時，他時常會要騎著腳踏車，另手扶持又一輛空車，像馬戲團的技師，在碎石路上賣力前行。他盡量快騎，卻並不心急，他知道自己將在哪塊田邊，找到人稱「詩人」的父親。他將把空車交給父親騎，尾隨著，看父親憂憤交加，滿山遍野搜尋自己的老婆，也就是他的母親。

每年夏天總會發生幾回：稍不留意，他就會看見母親被陌生人用摩托車載著，飄過他面前。母親總將車後輪頓得一顛一簸，沉重又輕盈，讓夏日塵土，像群蚱蜢那樣後繼撲跌。陌生人是些年輕人，夏季巡迴詐騙團的初學者，他們總能覷著空隙，挨近獨處時的母親，對她說，她在城裡的兒子出車禍了需要買血；或者，說她的媳婦正被人追債；或者，隨便說她的誰被人綁票了。總有些遠方的迫切，能驅動她夾雨傘、兜皮包，義無反顧跳上車。那就是他去通知父親，與他一同奔波的時候了。在路上，他們揮汗如雨，一路尋問。每個人都曾見過他母親，每個人都能指點出方向，每個人也都要調笑他父親，說天還沒黑，他就又在到處找老婆啦。也許是在竹林裡，也許是在廢棄的豬寮邊，更多的時候，是在某處僻靜的河灘上，他們最終會尋獲被洗劫過的母親。她撐著傘，靜靜坐著，像頂靜靜候著他們的帳棚。父親看見，咒罵著，跨下車，腳都快伸不直了。父親走到母親身邊，為她抹抹汗，拉整她的衣襟。有時，當父親累極，他們就陪他坐一會，讓他緩過氣來。他看見母親伸過手來，由父親握著。他別過頭，打量他的山村，心底也像夏日煙塵那樣輕盈而沉重。他想著這件奇妙的事：世上每個陌生人都能隨便搬動她，遺棄她，每個熟人都能任意經過她被棄置的地方；世上只有父親與他，將會不時弄丟她。

總在晚飯時刻，他們一同回來。母親跳下父親的車後座，對圍坐在庭埕上的人們呵呵笑說，又給人騙去遊車河了，花錢買了趟遊歷，只剩一把傘遮陽。夜裡，他躺在床板上，聽著一村晚眠。一整夜，他總聽見隔牆，咻咻呼呼的風，在屋簷下空響的聲音。他知道，父親又在竄上跳下，用皮帶抽打牛一般的母親。他流淚，耗盡氣力，想將她教訓成一個世故複雜、不輕信任何人的正常人；或至少，他要他的妻子總是記得，他們在遠方沒有其他子女，其他親戚。在這世界上，從來沒有人迫切需要他們。

記得就是第二天，陌生人老成壯年，清早開著小貨車，來到大榕樹下，遇見父親。中午時分，陌生人已經像是認識多年的朋友，吊著父親的臂膀，到家大拆門戶，換裝鋁門窗。父親說，現在治安實在太差了；母親呵呵笑說，所以我們決定把自己關起來。深夜，陌生人將車熄火，滑冰一樣滑到他家門口。陌生人下車，靜悄悄用一把鐵尺，左撬右扣，像開一聽罐頭，卸走自己裝上的門窗。陌生人滑進屋裡。陌生人在各個房間游動，路徑他在中午已經探好了。陌生人在父親床邊站著，俯看他一會。陌生人將家洗劫一空，連父親每晚睡前，必會小心搭在椅背上的那件西裝褲與那條皮帶，都沒有留給他。

那夜之後的天，亮得特別徹底。父親醒來，忙亂了一個早晨，穿著四角褲，蹲回樹蔭底下抽悶菸。他不斷感覺某種微涼，像是還有人趁他睡夢之際，將一柄小刀壓在他脖子上。他看見陌生人這下又變成老人了，從很遠的地方一路走來，走到他面前。老人什麼也沒有，只盛著滿臉笑容，四下看望。他警戒著。沉默片刻，老人問父親，有沒有空房可租人。父親哀戚地抬頭，看看老人，看看樹，看看天，看看他那洞開的家。一陣風吹起，把母親從前門吹進後院。父親歎口氣，彷彿問天說：這是什麼世道啊。父親緩緩站起，往家裡走幾步，放棄似的，回身招手對陌生人說，這鬼地方，你住得下去就住下吧。

陌生老人就這樣住進老三合院角落一間土磚屋裡，成了他童年時所認識的老頭。土磚屋原本是農具間，那天早晨，父親將農具珍寶似地藏到床板下；那天下午，老頭搬了進去，只短短一瞬，老頭就讓他們覺得，那麼多年，那些農具事實上一直都沒有被棄置在那裡。他們再也想不出有比那更適合安置老頭的居所了。

印象中，每當他路過農具間，老頭總是醒著，彷彿根本不需要睡眠。透過恆常開啓的木門，他總見老頭坐在桌後，背靠一堵牆，靜靜地聆聽。老頭究竟聽見些什麼？他不知道。他記得的是，老頭總是將專注很巧妙地平衡在雙肩，那吸引人，走到他面前，坦然對他說些話。他懷疑，在老頭流浪途中的各個停駐點，他都寄居在相似的小屋裡，借用這樣相似的一桌一椅。桌椅是別人的，時間恆常是自己的，如果不將世界框方成一個過於恰當的比喻，如果他的專注能使他不去在意所有的陌生與隔閡，他其實並沒有坐過牢。他只是不需要過於寬闊的空間。雖然，他確實在流浪中途。

回想起來，早於山村小學教師，老頭是第一位教會他寫字的人。對當時的他而言，寫字也像是某種季節性的騙術。夏末，舅舅過世了，掉進池塘裡淹死了。他經歷了人生中第一場親族的喪禮。在大榕樹下焚燒過紙錢與衣物後隔天，他問老頭，「靈魂」怎麼寫。老頭一如往常那樣溫和，在桌上鋪平紙，寫下，讓他隔桌鎮日臨摹那些筆劃，除了糾正筆順，什麼也不多說。然後他就會感覺自己平靜許多。後來，夏日過盡，老頭離開了。後來，在他讀小學後，在父親帶他上山去做水後，在人們開始不再稱父親爲「詩人」後，每逢過年前夕，他都會收到老頭寄來的賀年卡，鬼魅般神準，直到他真的成人那年。

新春前夕，山村總是多雨，綿密不停的迷濛冷雨。從小到大，在除夕夜，當村人完成例行清掃與祭祖，吃完泰半菜餚都在供桌上冷去的年夜飯，開始用沖天炮將山村轟響一整夜時，他也總是臨桌看雨，給老頭寫回信。像與鬼魅對話，像在漫長的對坐時光裡換過眼色，他看出雨中一切事景的寂寥，包括他自己的作爲：依來信地址判斷，鬼老頭仍在持續繞島遠遷，大概從未收到過他的回信。多年以後他仍不明白：鬼老頭是準確計算了他還需要與人對話的年限，還是猜中了他將離開山村的時間。自己的回信上都寫了什麼，已經不能記憶了。那大概總寫得過長，總表現得比自己鎮靜，或比自己沉傷，那樣地不像彼時的自己；然而，那或許正是回憶與寫信的目的了。

父母都睡了，隔鄰、四周都很安靜。然而寫信之時，他聽見雨下在記憶中，讓一切出聲，讓相鄰的兩個房間彼此交談。雨穿磚破瓦，摧樑倒柱，讓父親繼承的老三合院落，像環抱著無法環抱的海。雨讓舅舅想要外出遊走，尋找一處僻靜的角落。舅舅起身了，打赤腳，撐著胖胖的身軀，雙手捧起一個搪磁臉盆，在長廊上一步步小心走著。臉盆滿溢圓狀水紋，舅舅擔憂地注視著水紋中央，一隻巴西龜，那是舅舅生平最要好的朋友。舅舅用頭頂開隔壁房間的門簾，對母親說：「快了被震聾牠妳看。」

母親並不聽見。母親總病著，閉眼坐在床沿，雙手空舉，練習彈奏一架隱形的鋼琴。兒時的他躺在床板啼哭，哭聲沒入嗡嗡的雨裡。母親並不聽見。舅舅用背頂開門簾，輕輕走開。在長廊底，飯桌旁，舅舅看見父親皺著眉，往牆角的尿桶撒尿，節制著速度，提防濺起的尿液。水聲嘩啦嘩啦。後門口，死去不久的外公，躺在藤椅裡打瞌睡，髮際的蜘蛛絲垂吊著新新的雨點。舅舅輕輕背過那一切，放下臉盆，捧起好友，藏在口袋裡。舅舅悄悄走出門。

雨停的時候，舅舅被架回來了。渾身光溜，滿頭泥汙與血水。父親抿嘴咬牙，聲音低軟。眾人聚在廳裡低語。父親得出門了。父親將偌長的粗棉繩，從牆頂通氣孔拋出，穿過後院，拉到一棵楊桃樹邊。父親繞樹三匝，把粗棉繩在樹幹上圈緊，嚴嚴綁牢。父親搓搓手，扛起鋤頭，下田種地去了。

舅舅貼牆，身上纏著粗棉繩，像一顆繭，離地一吋，吊在父親的尿桶邊。清晨的光，從舅舅左側的高窗照入，將舅舅拓印在水氣暈散的灰牆上，身影下墜，舅舅被拉長，從右側沉落，雙腿折進牆裡。舅舅閉眼，閉鎖所有感官，讓自己的姿態，完善到與重力一點無涉的地步。有時，舅舅會蹬腿，遊戲似地擺盪起自己。他日漸長大了，能奔跑，能遊戲，能聽清玩伴們的聲音。「走吧，走吧，」某些午後，他看見他們指著晃動的楊桃樹，呼喊著，說：「去看大頭上吊。」

楊桃樹在父親繼承的後院裡嘩嘩走動，在記憶裡，有時極遠，有時極近。他記得在更多晴天後，牆頭曬出黴菌，完美潔白，在角落邊，像倒生的花。那時，舅舅總會仰起頭，平和而良久地注視著。那時，一切都安靜了。母親躺在床板上，一窗靜好而油綠的剪影。夕陽慢吞吞西沉，父親回來了，放下鋤頭，慢慢洗臉，慢慢洗手，背對著懸浮在牆上的舅舅，慢慢解出尿液，父親一日的積蓄之一。而後，父親走到後院，解下繩索。

而後，他們一家共聚晚餐。田野傳來蟋蟀的唱鳴，萬物在美麗地生長。死去多年的外公被噩夢驚醒，從藤椅上一躍而起。舅舅看見，說：「夢了自己復活他見。」所有人靜靜靠著各自的飯碗，都並不聽見。而他記得，永遠記得，在那些安靜到彷彿空氣都要就此沉落了的時間裡，他偶然抬頭，會迎見舅舅沒有情緒的眼眸。舅舅必然也曾快樂或者悲傷過的，多年以後，寫信時的他這樣想，不然，在那場氾濫的雨裡，他也不必千里迢迢，帶著他的朋友逃亡到那圈隱密的水塘裡。不然，他也不會記起，牠理所當然將要活得比世上所有人都要長久，於是他終於丟失了牠，就在所有人都再也無法棄置牠的時候。

六個月後，漫長的雨季結束，氣候穩定下來。院方還在等候指示，以便將作息表換至夏令時間，但每天早晨，在起床號未響之前，蒸騰的空氣先喚醒他。有時，他坐起身，矇矓看著無窗的長病房，從門縫，從牆隙，從所有隱密的角落流溢豐沛的綠光，他會想起島，那孤立於海，一無遮掩的片土。後院的草皮更顯光禿。他保持雨季裡養成的散步習慣：貼著牆走，嘗試用速度與人們隔開距離，追捕一天中僅見的陽光。他不停地走，在六十分鐘裡讓自己筋疲力竭，如此，他才能再次回到病房裡，看自己，像燒紅的鐵，在一天中其餘的時間裡慢慢冷卻。

他想著那天，護送林雙全出野戰醫院，放他回伙房後，人們告知他：陳佳賜不見了。旅部軍官午餐會報，連長又標得了任務；午查後，連長要他帶木工兩員去街上拉木料，回來在公路邊支援釘棺材。晚點名，全連餐廳集合，連長宣讀軍令。「總共兩條，」連長說，「第一條，奉國防部令，全軍各彈藥庫周圍五十公尺內不得有雜草。光武島多大一顆，三百多個彈藥庫，有沒有那麼多五十公尺。輔導長數學好，別算自己退伍日了，幫我們算這個。」輔導長十分羞怯地低下頭。底下竊笑。「笑。」連長說：「總之，爾後，我不想在彈藥庫外面看見一根毛。懂嗎？」「懂。」「第二條，注意到了。奉旅部軍令，爾後，眾官士兵倘有捕獲蛇、鼠等野物者，應即行處死，不得再有點鞭炮或過熱水等凌虐情事。聽不懂的舉手答有。」靜默。「輔導長，」連長問：「是說處死官士兵還是處死老鼠？」「處死老鼠，」輔導長答：「還有蛇。」「答對了。放榮譽假。」「第三條。還崇動。」連長說：「第三條，營部軍令，各連隊應於年內整飭廚餘水肥，務求清潔。來了，一兵以上都知道，過年前最重要的任務是什麼？」「掏大便。」「答對了。除草、燒菜渣坑還有掏大便，各班長抓好這五件事。」

深夜，坐在安官桌前執勤，他想像隔壁軍械室的動線。起夜霧了，輕輕緩緩，這意味著明日該是晴天。上方的環島公路旁，木工們還在趕釘陳佳賜的棺材，一聲一聲篤篤敲擊在夜霧中。他臨桌，邊編造工作日誌，邊想像著明天，他們會在空棺材裡放什麼東西。那是他在光武島上最後的想法。

那天之後的一個月裡，他忙得漫無頭緒：帶兵立在荒草地裡，猛除永遠除不盡的雜草；用水桶從坑裡挖出一桶桶屎尿；用煤油澆菜渣坑，放火燒，在那灰土之上，再添一層黑渣；清運垃圾，帶林雙全去醫院，殺蛇，殺鼠，殺小腿那麼長的蜈蚣。光武島中魔了一樣，像以執拗的生命力抵拒任何變化，時常，當他除完一道草，回頭望望彈藥庫，雜草像是頃刻又紛紛長回，把他圍在荒地上。寢室低窪，雨時海砂牆綿軟欲傾，無數甲蟲從牆縫逃生，漫漶地面，全連弟兄走路有聲。朔風陣陣，他們穿著泛黃或早成灰黑的衛生衣褲，沿高低不均的天花板一路塞擠，每一翻身，彷彿骨架還冰凍在上一個姿勢中，與自己分離了。徹夜有人被叫起換哨，披衣整裝，至安官桌簽到領器械，縮身走上環島公路，爬進冷雨中。他低眼看著。

一個月後，林雙全殺了連狗延航。林子裡，樹下，林雙全徒手掐死延航，走回連長室報告，說我已經瘋了，可以走了嗎。連長訓了他一頓，送他進禁閉室。在禁閉室裡，頭尚未剃，林雙全搶過禁閉單吃下去，說他好了，又給領了回來。是夜，林雙全仍塞睡在連隊寢室裡，一起身，頭就會撞到天花板的那個床位上。

是夜，在安官桌編造著工作日誌，不記得為什麼了，他起身，取庫房鑰匙，去寢室叫醒林雙全，要他穿好衣服。他帶林雙全去庫房拿圓鍬和十字鎬，轉回林子裡，要林雙全下菜渣坑，去把延航挖出來。他讓渾身黑糊糊的林雙全抱著延航到樹下，給他圓鍬，要他為延航挖墳。

他拖著十字鎬，倚在樹下監工。極遠的天邊，海軍雷達站的探照燈一次次掃著海岸。極近的底層，暗處，舢舨在搶灘；人們用共同的鄉語，在岸邊做著日常營生。他想著陳佳賜拍拍大石頭的手，他的袖管，他的臉；想著他說的老鷹與老鼠。直到林雙全開始大哭，直到衛兵發覺，直到那樣聒噪的連長走到他面前，他都只能想著這些事。

站在父親身後，聽父親又喃喃念起咒語，他想著：沒有時間了，他無法去尋找老頭，看他是否眞可能尚在人世了。曾經，他想像，那像是沿海回收自己的話語：如果他照著老頭多年來，在信上留下的地址一村一村探訪，也許，他寫給老頭的回信，還會存在那裡某處，像某種封藏時間的騙術。也許，當自己展讀那些回信時，他可以明白成年前的自己，心神如何一站一站沿海遠遷，而後，終於背離了山村。

也許這樣，他可以記清楚，究竟是在哪一年，隔著小溪，在老三合院落外，父親用水泥和磚塊造起了一間怪異的方形房屋。父親說，這叫「會客室」。會客室落成那天，山村人都被邀請來走動走動，踏喜踏喜了。喝過好茶，輪流用指節扣過好大個原木茶桌、轉過天花板上好涼的銅風扇，受父親導引，所有人全擠進廁所裡，全圍著抽水馬桶不動了。父親一次次表演沖水，把所有人都逗樂了。傍晚，人散之時，他們從田野之上，遠望那塊孤伶伶的方豆腐。「會鬼室。」他們又笑了，都以爲蘭花溫室以外，這是詩人的又一創舉。

彼時，聽任田地荒蕪，父親早已不再起早種田。他把母親和一屋子亡靈關在家裡，把自己關在溫室裡。夜以作日，獨自迎著逆倒的風，配對植物，創發出新物種。月光下，螢火蟲出遊了，從今爾後，螢火蟲的冷光都帶著一絲花朵的香味，跑進山村人爲修復白日而作的酣夢裡。早上，父親招卡車運出盆栽；傍晚，父親運回更多水泥、磚塊，與更貨眞價實的鐵柵欄。山村人回憶過往，還是呵呵笑著，希望父親這回可別被洗劫得太慘。一直要到父親埋了小溪，在水上開出一條平坦大道，直達老三合院的庭埕，山村人才發覺，這位前巡迴詐騙團的成員，這回是玩眞的。

父親還在持續卸下他的夢中板塊，在光天化日底下。像振臂推遠山村的畛域，父親還在山村裡，也和所有鄰人愈離愈遠了。十八歲，他在山村度過最後一個暑假時，從會客室門口到後山，工人正沿著父親的領界打樁。一個早上，工人砍了楊桃樹，將後院封蓋水泥。工人走了。下起一場大雨。雨滴打在未乾的水泥上，將地面打得坑坑點點。堆儲的水泥漫流，漫進深濠裡，將老三合院包圍成一座銀灰色的島。他蹲在門檻上，靜靜看著透光的後院，看水泥到第二天中午才乾，飛蟲、落葉與父親的腳印永遠留下來了。也只有飛蟲、落葉與父親的腳印會留下來了。

然而，也許去不去尋找老頭，早已經無所謂了，只是他自己沒有及早發覺罷了。他想起八個月後，他們再次召他去約談。他走到中央走廊上，一抬眼，遠遠望見那個人提著公事包，就站在柵欄外。就站在那裡。那個人正在跟守柵欄的長官聊天，聊得很交心的樣子。那是當然的了，他想，只要那個人願意，他是可以跟任何人看起來很交心的；而且，經過長期的練習，他站的姿態看起來那樣寫意。他感到沮喪，不敢相信這段期間，自己竟然從未預期這樣的場面。的確，再沒有什麼會比這更像是准允他離開的通告了：他的父親，帶著一套供他換下軍裝的舊衣物，來把渾身發酸發臭的他領回家去。

那年，他二十二歲，尚不知自己已經身爲人父。那是七月初的事，他跟著父親走出病院，走過火車站前的廣場，走上回山村的路，一路上都沒有說話。然後，奇怪的事情發生了。一走進山村，他彷彿眞的一腳踏進四年前，在山村度過的最後一個暑假裡。父親在四年前所砌好、合龍的牆垣，那樣恍如全新地即臨眼前。站在鐵柵欄前，父親彷彿在對一個牙牙學語的幼童說話那樣，對他說：「我是你爸爸。這是我們家。這是一條柏油馬路。那是蘭花溫室。這是會客室。」這不是我的家，他想著，因爲記憶中的事景，大抵一無所存了，而且我父親很奇怪地，退化成一個像在過生日的雀躍孩子。他回望山村，想著牆垣之內，「他的」山村如何被封固在一個更爲繁複的人造童年裡，和時間兩相遺忘，在地理中消失。他帶動一整幢病院，發現世界並沒有瘋，只是從今爾後，只有親者的傷逝可能回返，陌生人不再能靠近「他的」山村。

卷下

背向海，越過島的主街，我看見祖母慢慢走來。我看見小王和阿南放學了；在那棵枯樹下，他們跟我揮手，像是早已知道，我就要與他們道別。回憶一種遠行的手勢，我想起他穿著喪服，躺在一張火柴盒大小的床裡漂蕩過海，靠向山村，她多櫥櫃的房間。一切顯得那樣地必然。我想像他不觀看，閉眼將一切傾聽於內，讓全身皮膚像一張盛裝感知的網。他像是永遠身處在漆黑而狹小的空間裡，揮臂，抬足，關節與指間的折扭，一切動作全都圓滑地繞著軀幹打轉，像是在說：再輕柔些，再細膩些，再以更多道虛擬的弧線企及他人的需求，同時聲明自己並不在場。

我想起，在那個夏天將盡前的某天正午，我騎著腳踏車，想回他們的家。陽光晶亮，但熱度已經減弱，曬在身上，與穿過樹林的風一樣，令人感到舒服地微涼。轉進平地，在小徑邊緣，有什麼事物吸引我注意。我停下車，想看仔細。小徑邊緣，沿著不容易察覺的緩坡下沉，是一片連綿的田地。田地如我所知，至少已休耕了一個夏天，在蓄水池與溝渠四周，長滿了荒草。我看見菅芒花提前盛放了。在舉目所及，所有廢棄的田地上，菅芒花環繞蓄水池，造出一片漩渦般的海，用乾涸的訊息護衛著蓄水池。光線底下，蓄水池看來過於碧綠，像是假的一樣。

在小徑邊緣，樹蔭底，我窮目光所及，努力看分明。我分辨出，那片碧綠不是蓄水池的水面，而是一片厚重的浮萍：像地毯，像防水的布幕，它嚴絲密縫遮障整窪水池。在那之上，在恍如平息的空氣裡，有一隻瘦瘦小小的紅眼蜻蜓，一次又一次勾著浮萍，艱難地，想要點著水面。只有一隻蜻蜓。不是如我在書裡所讀到的那樣：在夏天的末尾，午後，蜻蜓會成群在田野之上翻飛；農人每見一次，一天的空氣就會涼過上一天，然後，秋天就像久違的親人那樣回來了。也不是完全地隱沒，不見蜻蜓：在田野之中，重重遮障的蓄水池之上，我就只望見牠，十分艱難地一跳一躍，彷彿懊惱極了，牠開始弓起身體，在半空中嚼咬自己的尾梢。我觀望良久。直到我感覺樹蔭再一次壓在我身上，再一次，像是心中那些過於費力地想要羅組的辭彙，令我感覺冰涼與沉纍時，我轉頭上望，發現陽光蟄進雲層裡，黯淡，無意，像只是又要下一場午後雷陣雨了。

我靜靜坐在路邊，陪伴這隻憑空吞食自己的蜻蜓。有一片刻，我覺得父親不會回來接我了。可能，最初也只是一個艱難的心願，當我們一起見證：父親的故鄉下雨了。那時的雨像簾幕，一陣陣越過山巔，奔過瀑布頂，襲捲向我。我離開馬路，避進一間廢棄碉堡般的建築，把書包貼胸抱著，以免裡面的暑假作業被雨水打濕。碉堡內的地面，積滿一層生鏽的鐵鋁罐，彷彿有一整隊大軍在這裡休養過。傍晚，雨停了。我背起書包，撒開腳步，如父親預期，沿著溪谷走上碎石路。我開始覺得冷，有一種走在水底的錯覺。我的腳步不斷打滑，想像自己需要走上多久，額頭上才會生出霉斑，在父親的故鄉裡，看來眞的像個棄兒。我期盼，當我終於抵達祖父家門，我會想出一個合宜的方式，跟自己素未謀面的親人撒嬌，讓他們願意收容我。我無法阻止自己這樣做，因爲眞的也好，假的也罷，我太想太想，用自己的指爪翻遍眼前那片山，看父親所說的那棵大榕樹，是不是眞的存在。

我想看大榕樹在夏日裡復活的樣子，與我的玩伴們一起。我想要知道山村雨前，空氣裡的微塵是否像父親所說的那樣，輕輕地跳躍。想像一輛信上帝的發財車，在午後飛進廣場的熱地裡。孩子們都圍過來，索討免費的氣球。多年以後，在雨中的鐵皮屋，父親向下貼視一切，指證說：「看，我在這裡。」他和他的玩伴們在一起，看兩名異鄉人把畫架搬下車，倚在人群前方的地上，一邊翻動著畫架上的畫，一邊說著十分遙遠的故事。他們聽得入迷了。他看見汗水沿異鄉人的頭臉流淌，衣領濕成一片。山村的夏天竟然這樣熱，他很想向上帝說聲抱歉。

畫中的雲彩撥開，一段移動中的階梯伸展到地上，階梯上，半空中站著一個大鬍子。神的國降臨了。異鄉人突然對著他們咆哮，他們全被逗樂了。

後來，雷雨驟臨。異鄉人措手不及，趕忙將印刷精美的畫報撤進車裡。他沿著廣場旁的小路往下跑，看著遠方的屋簷愈來愈近，一種篤定的安全感在他心中滋長。即使在雨中淋濕全身，回家時可能引起的咒罵，他也並不在乎。神的國降臨了。他愉快地吼著，逃回家報信。

快下雨了。他們結伴去後山，看警察抓山村史上第一位好頹廢的嗑藥人。那時一切都在輕輕地跳躍。嗑藥人跌跌撞撞撲倒在蒲公英叢裡，絨毛似的花都沒有激起多少。警察和他們追得汗流浹背，好不容易才跟上嗑藥人。嗑藥人面朝下倒臥時他們也就停下腳步，紛紛坐在草原上，看警察拭著額角的汗慢慢接近，試探著，用警棍撩撥嗑藥人。半晌沒有動靜，他們只見花襯衫和西裝褲緊縛嗑藥人的身體，那頭黃褐色的亂髮，很像是草原應有的溫度。那時的草原也就逐漸變得炙熱難耐，他們全都坐不住了。一個警察雙手搭扶嗑藥人的臂膀，另一個警察抬著腿，兩人試著搬運嗑藥人。那時他們回來，都說死一定就是這樣的：你會躺倒成屍，照射在你身上的陽光會變得很重很重。

那時他們結伴去幫阿婆撿鞋。在田畝間、彎曲轉折的小徑旁，山村史上第一位好蒼老的失智者散髮跣足，踏在一條全新的末路上。一切都矮了，一切能記憶的，或被人珍重地記得的，全都謙卑地低矮下去。阿婆咕噥著咒語。田野之上，只見她兩鬢散亂的灰髮，只見她一抬手，把手提的拖鞋高高甩了出去。他們直起腰，順著弧線看著拖鞋落在不遠的菜地上。幾步之外，還有另一隻拖鞋。兩隻鞋一正一反落在地上所以這次是聖筊。他們謙卑地鼓掌，稱道阿婆好樣的。他們搶進菜地，爭著去撿鞋，帶回來再讓阿婆丟。那時無數的競選旗幟初初取代稻草人，在雨前的風裡招展。

父親說：那時的一切都在初初腐朽，因此一切都顯得好新鮮。我想知道那是什麼景象，因此我曾奮力抬頭，沿山稜線觀察雨勢，想像他兒時見過的西北雨。我努力微笑，像父親故事中的島民，不斷練習討喜的笑，提防每一個即將出現的人，可能是我早該認得的人，或正巧就是我祖父。我想催促自己眞的去得失憶症，想忘掉一切，想重新牙牙學語般，去指認眼前所見的事物：這是山；這叫溪谷；這是筆筒樹；路燈；瀑布；我自己。

在他的故鄉裡，每天清早，我總在五點自動起床，騎上剛學會騎的腳踏車，載著他們離開祖父家，往山林闖去。我在山路上踩著踏板，像要把自己化成鹽柱那般賣力。在夏天將盡，當我疲累至極，在山頂停下腳踏車時，透過林梢，我們眞的望見如傾的海洋即臨眼前，那樣地輕柔與無傷。

那時的一切對我們而言，是那樣別無辦法地安然：山村的天特別寬，地特別闊；整個夏天理所當然不見颱風過境，每天夜裡，星光總是朗朗照亮整片山谷。山坡上，那片被栽種班棄置數十年的茶園裡，茶樹是活絡的遺跡，在風裡招搖，讓滿山野蟲，在短暫的生命裡難以成眠。每當我被蟲鳴吵醒，我就帶著他們，走過所有在銀亮如海的光照裡，靜靜乾涸的空房與長廊，走向那間無人的圖書室。圖書室正中央，立著一張極其誇張、極其巨大的檜木書桌，桌面上，年輪歷歷在目；坐在書桌前，會感覺自己像在爬樹。在那裡，許多夜裡，我和他們隔桌對坐，將書一本一本讀過。一切在記憶中，永遠沐浴在某種雨後初晴的光度裡；我甚至可以清楚看見那最後一本我們共讀的童書，就擺在那張桌上，攤開，在多年前我只來得及讀完的那頁上頭，字字句句，被永遠封固在我面前，像是兒時的他和他的玩伴們，也曾這樣細心讀過。

我想過，當他再回來接我，我就要告知他這些事。

那時的我，太想獨自用一些挖掘自他的墳場的，甜美的夢，回覆他。

猶像兩個陌生人，像盲人牽引著盲人，夏初，在做完水後，我們沒有立刻回家。祖父帶著我，從另一邊下山，比劃著說，跨過這道山稜線，我們就來到了某村。我聞見海風的氣息，它們一陣又一陣，像海浪沖洗暴露在海角的某村，彷彿它是一面貼生貝殼的石壁。在每一道窄小的道路旁，所有屋舍全都低矮而潮濕。祖父引我走進最幽暗的那一間，那是一間雜貨店。至少，看起來像是。沒有人在裡面，至少，看起來像沒有。祖父將沾滿泥土的野筍，堆在雜貨店門口，像要送給屋主，就像書上所寫的農夫，會對不在家的鄰人所做的事一樣。我們坐在店內的長板凳上。祖父的神情，像是面對一位坐在櫃檯後的故友，像陷入閒談中的，短暫而宜然的沉默裡。他問我想不想吃糖，然後就兀自從身後的塑膠罐，撈一把糖果給我。突然之間，他冒出鼾聲，睡著了，頭一下一下點著。

我靜靜坐著，期待他像是在等待著的友人，屋主，會逆著屋外的光線走進來。然而，直到祖父突然又醒過來，用手背擦擦嘴角，我還是一個人也沒遇見。祖父站起來，伸伸懶腰，問我想不想吃冰。他掀開櫃檯邊的冰櫃，伸手進去，很困難地撈了撈，摘了摘，終於拿出一枝比石頭還硬的雪糕給我。我看著雪糕，祖父看著我。他說，也帶幾根雪糕回去給我祖母吃吧。我望望門外，我們即將走回去的路程，以爲他在開玩笑，但他眞的將雪糕裝進尼龍袋裡，彷彿那只是幾根野筍。

小心翼翼舔著雪糕，提防舌頭可能會被黏在上面，我跟著祖父的步伐，走上回程的路。我想像尼龍袋裡正在發生的事：所有東西都在靜靜地融化；抬頭，陽光照花了我的眼，我突然感到暈頭轉向。走出雜貨店時，我猶不明白：剛剛那樣算是劫掠，以物易物，或只是尋常往來的禮數？在祖父的遊樂場裡，我猶弄不明白言行的分寸。

祖父問我，知不知道某些時候，我會自言自語，像正對著誰說話一樣。有嗎，我回答，我沒發覺。記憶所及，我一向讓自己很安靜，始終記得父親的叮囑。我想起在我上小學的第一天前夜，凌晨之前，下起秋天的第一場大雨。在冷凝的空氣中，我聽見他咚咚上樓，腳步極沉，因爲一如既往，他仍一手提著一瓶裝滿水的五公升大寶特瓶回來。我聽見他打開門鎖，進屋，察看我是否睡著。我聽見他沉沉坐在窗前，拍拍他被雨淋濕的頭髮、肩膀與膝蓋，而後，他費力提起一個大寶特瓶，打開，就口，咕嚕咕嚕灌著水。我細瑣地聽見他的疲累。然而，在早晨，鬧鐘將響前一刻，我們一同醒了過來，相視而笑。我們一同下樓，各自睜著紅眼，看太陽昇起，反射在舊城區所有加蓋的鐵皮屋頂上；市集所占的街巷，像遍穿雨林的河，蒸散出熱霧。他走在我身後幾步的地方，看我能不能自己一個人，揚長而緩慢地穿過推著推車、挽著提籃，在市集裡購物的人潮，去向那所小學。我走過他停靠在路邊，車窗猶有水痕流竄的計程車，但我並不特別注目它。我看見同班同學，有人在上過第一堂課後，就哭喊著要回家；愈來愈多人感染了這樣的情緒，但我克制著，不特別去感受。

我想我確實努力了：在那樣薄弱的他身旁，像他那樣練習著不承感他人，只專注在自己身上，好讓每天順利過渡。因爲那天出門前，他蹲下，整整我的制服領口，搭著我的肩膀，對我說，從今天開始，我就要上學了，因此我們要努力、要忍耐，從今以後不要再搬家了。「好嗎？」他說。「好吧。」我說。我記得自己答應過他了。受鬧鐘指引，在吃完晚飯後離開他，在下次該吃早飯前看見他。「晚安。」我說。「晚安。」他說。細鐵絲轉動門鎖的聲音：一圈，兩圈，三圈。時常，我亦不知道誰才是誰好心的獄卒：是讓他見不著白天街景、夜裡不能在家安歇的我，還是讓我日日夜夜想快點長大，不再煩擾別人的他。

有一天，穿著泳褲，站在廚房的坑洞前我想著：阿發該不會被我殺了吧。我愈想愈覺得這可能發生過，我可能將牠扔進水塔裡讓牠淹死了。那時，一切都很安靜，只除了廚房左近，那間包藏樓下四戶人家水塔的密室。水塔在密室裡嗚咽，像沼澤生物低鳴，從孔隙裡竄出潮腥味。我看顧四周，回想自己是否曾經打開封閉已久的密室，與一架圓柱形，比我還高的鋁製大水塔對望。是否曾經以那張椅子墊腳，吃力地掀開水塔的蓋子。有沒有可能，爲了想知道阿發能否像我一樣，在密閉的水體裡泅泳，因此抓起牠的後頸，將牠丟了進去。等一下，爲什麼我明確記得水塔蓋子的觸感呢？彷彿每一個指節都銘刻了用力旋開它時的感受。看著自己的手，我開始感到恐懼。

我走到陽台上，讓自己鎮靜。隔著小巷，對面窗格子裡的電視機播放畫面。我邁開幾步，望進隔鄰另一架電視機。同樣的畫面。我再邁開幾步，看見千瘡百孔的千門萬窗，連接成一道無以突破的光牆。畫面裡有人，他們一再地，一再地，覆滅在汩汩滲出的汙水裡，覆滅在汩汩滲出的污水裡。他們一再地，一再

地，一再地，注視著，被注視著。水聲轟隆有恆地低鳴著，像耳語，像絮絮的抱怨聲，像水塔早已乾涸，裡面只是擠滿了人，腫脹程度不一的頭臉，他們各自的面目。他們全都瞪著濕淋淋的眼珠，在我眼底，匯成一股洪流。我在屋裡洗澡、睡覺，喝一杯水，洪流也都這樣瞪視著。我什麼也沒說。我牽著一頭象回頂樓，用三個步驟把牠關在冰箱裡，如果是長頸鹿的話，就要用四個步驟，因爲要把象牽出來，動物大會只有一種動物沒參加，是長頸鹿因爲牠在冰箱裡，橋斷了，你游過鱷魚河爲什麼卻沒死，喔因爲鱷魚去開動物大會了。我想我可以問父親這串來自小學堂的謎題，看他答不答得出來。我什麼也沒說。每天中午當他醒來，我問他，作了什麼夢，他說，這是一個短促的夢。在夢裡，他是一幢樓房。一輛小小的、載斗滿盛廢棄物的垃圾車，在後頭，用繩子吊著他。車子發動，他感覺自己像一根蛀牙被連根拔起，呼呼滑下一個似曾相識、他一定在哪裡見過的草坡。他不斷輕緩地、隨著坡度往下滑。在自己激起的煙塵中，他回頭望去，發現自己原來立足的地方，只剩下兩個高起的土丘。他認出，其中一個土丘是他的床，另一個土丘是他的灶。

　　這是一個虛僞的夢。夏天的樣子，他穿著軍裝，肩扛士官階，領著一班士兵走在草地上。他意會到這是一個對自己而言全然陌生的營區，而那些士兵的臉孔，沒有一個是他認識的，但奇怪的是，他知道自己現在的任務是什麼。他跟他們攀談、套話，猜明白這裡叫「汽修部」。他們走在一個彷彿是公園的地方，那裡的柏樹筆直得像是路燈，草地平坦得像是地毯，麻雀胖大得像是母雞一般，無法飛起，一隻隻在草地上跳著。他立即明白，這是一片只供外賓參觀的保留地。他繞著草地，量起步子，挺直腰，他命令那班士兵圍成圓圈，開始用手上的圓鍬，在草地上挖出一個大洞。所有士兵都以爲自己聽錯了，愣愣地看著他。士兵總是以爲自己聽錯命令，他早就習慣了；因此，「懷疑啊？」他大喊一聲，十分滿意自己的詰問，在自己耳裡聽起來的效果。然後所有穿迷彩服的人都不再懷疑了，他們舉起圓鍬，復仇一般猛掘那片綠草地。他避到樹下納涼，望著那班綠色的士兵融入綠色的背景中，漸漸分不清誰是動物，誰是植物。他看著漸漸成型的大洞，等待著，想揣度一個合宜的時機，下命令，要他們將那個洞重新填平。這是他的任務。有一隻紙摺的蝴蝶從他面前飛過，他認出那是什麼。他追著它，跑進一道深邃的坑道裡；他努力邁動步伐，看它始終保持在他伸手可及的距離外，在潮濕而沉悶的空氣裡翩舞。他追進一個像是辦公室的地方，看見蝴蝶降落在一個上校的桌前，張展，變成一紙公文。他想：這個上校我一定在哪裡見過。上校趴在桌上，手上舉著一枝原子筆；他知道，上校正在憑靈感填著零件報表。像一頭淋著雨的大狗，上校從上萬份表格中抬起宿醉的紅眼，拆開公文，直讀一遍、橫讀一遍，向椅背一靠，沉默一會，然後看著他，對他說：「你可以走了。」喔，我自由了，他想。「那，那個洞怎麼辦？」醒來的時候，他很訝異自己居然在夢的最後這樣問上校，因爲夢中的他其實並不關心。

這是一個經濟的夢。這是一個十分破敗的小鎭，所有人不知道爲什麼，都在街上走來走去。當他走在小鎭擁擠的主街上，看見兩側商店，正對大門的牆上都掛著一個鐘。鐘上所指示的時間各自不同；後來，他仔細觀察，發現沒有一個鐘在走動。他有點心急，因爲他必須在時限之內趕到一個營區，可是他不知道時間。他只知道，他要去營區裡修一輛戰車。在某個街角，一個類似計程車招呼站的地方，一輛計程車停靠過來，從車裡，一一走出大約十來個穿軍服的人，有軍官、有士官，也有兵。他知道他們來自他現在要趕去的那個營區，正要各自休假返家。他趕緊跑近，攔下那輛計程車。他獨自坐上計程車，要求司機迴轉，開往那個營區。他看見司機沒有打開計時計程表，這讓他很緊張，他開始想像，當到達目的地，司機漫天喊價時，他要用什麼表情來應對。他很高興自己身上穿著軍服，並且仔細想，剛剛跟司機短暫交談的那幾句話中，有沒有露出什麼破綻，讓司機察覺他是來自外地的陌生人。菜鳥。計程車駛離小鎮的主街區。營區比他預想的遠，而且通往營區的道路，比他預想的寬、直，平坦；這和剛剛那個破敗的小鎮一比，讓他覺得很奧妙：難怪大家都在路上走來走去的，因爲路走起來很舒服。開到營區門口，他故意不說話，不下車，等司機開口。司機回頭看他一眼，跟他說：「一百塊。」他很驚訝，因爲照距離看來，這個價錢遠遠地太過便宜了。他從褲袋掏出皮夾，裡面有六張百元大鈔，他鬆了一口氣，拿出一張付給司機，然後打開車門，走下車。

這是一個甜美的夢。他將他的小孩牢牢綁在娃娃車上，一手讓他的妻勾著，一手推著娃娃車，在一個像是海堤頂一樣的路面上散步。風很涼爽，而且天空非常地高遠。太陽像跳蚤，從他們頭頂跳過又出現，跳過又出現。前方的道路忽明忽暗，一艘像是郵輪一樣的大船被錨拖起，趕過他們，向天空逸去。突然之間，他覺得微微地害怕。「我們別走了吧？」他問妻。「別胡說，」妻說：「只是散散步，我們一家。」他抬頭，看見前方，海浪捲起堤防，天台倒盛著樓屋，有一對男女手牽著手，倒退著，逆著他們裸奔過去；當他再回頭望去，男女已經撲倒路旁，皮都皺了。他發現妻勾緊他的手肘，於是停下腳步，看妻微笑著，用很複雜的話，向搖籃裡的小孩描述一朵小花，描述在某個逝去的歲月裡，一朵小花要花三個季節才會綻放；還有蝴蝶，蝴蝶從容地在空氣裡滑翔，偶爾彈起，滑翔，偶爾彈起；還有在那個凡事從容的那時候，一個健忘的人於是有時間慢慢想起他忘掉的事；譬如一壺冷咖啡，你回到家，聞到一屋氣味，才明白自己居然忘記喝了；譬如當你被關在自己家門外，發現忘記帶鑰匙了，你會從容地轉過身，看著屋外一朵小花，一面慢慢想起自己遺落鑰匙的地方，那樣的歲月。他聽著，發現自己其實並不熟悉妻的聲音，如果遺忘是有次序的，他想，他一定會最先忘記妻的聲音。「嗚。」有什麼東西掉進他嘴裡，他伸手，把東西吐在手掌上。「怎麼了？」妻問。他張張手，對她說：「妳看，我的牙都掉光了。」「別大驚小怪，你只是老了。」妻說。「嗚。」「又怎麼了？」他緊盯天上：「妳看，太陽是不是慢慢在變大？」「別胡說。」妻推動娃娃車，勾起父親，繼續向前走。「別胡說。」他學她講話的方式，看自己能不能記得。

他嚼著腐敗的早餐，嚼著老朽的話語。他說，他聽說，世界將要毀滅了，只是，一代一代的人過去，他長大了，變老了，世界還在，這很令人尷尬。那些毀滅性的話語，碎片般留存在書架上，或者，無數個日夜，在將醒之時烙印在他的記憶裡，成了人們將稱之爲「夢」的事景。我總是被告知一些過於複雜的事。我已經習慣了。我只是仍期待著，總有一天他會回到棄置我的地方找我。我希望他會注意到：在西北雨後，在消散的世間之途裡，我已爲他借來長沙發，借來一扇窗，借來靠窗角落擺設的一棵假棕櫚樹。我希望這一切布置，會讓我們兩個都顯得自在些。因爲，爲了迎接他，我已經讓自己長成了一位精神科醫師。因爲再沒有什麼，會比這個更孤絕的了：在這個世界上，惟一認得你的人，就是你的精神科醫師。因爲他儘可以這樣陷溺在自己的孤絕裡，同時允許我，容我在場。

不知過了多久，我想起，阿發並沒有到過這間頂樓加蓋的鐵皮屋裡，牠是在別的地方離開的。所以我並沒有淹死牠。我笑了，發現自己穿著泳褲，覺得有些不好意思，起身，伸伸懶腰。我看見自己的影子跳到椅子上，坐下，呼了一口氣。「謝謝你把椅子坐熱，」它說：「我現在覺得暖和多了。」「不客氣。」我說。我走進廚房，重新按亮夜燈。

「我從來就不自言自語的。」我對玩伴們說。我牽起腳踏車，騎上，沿小徑返回祖父親手圈養的莊園。在車上，我首次刻意四望，觀察整個夏天我已慣看的風景。確認，果眞在這一整個搜尋大榕樹的夏天，除了祖父以外，我沒有見過任何一位仍在種作的農人。我沒有見過任何一位慈藹的老婦，除了祖母。除了我自己，我沒有見過任何一個身穿過大或過小的舊衣物，滿山遍野漫遊的野孩子。的確有一些房子，有一些他人生活的痕跡：遺落路旁的破斗笠，垃圾堆，生火燒肥的土垛。但那些房子，對了，那些屋舍，在山雨前，在雨中，雨後，它們好像總是那樣和好而準確地關著大門，那麼地，像是準備好了，要在午夜，或趁我不注意的時候，靜靜地走離一般。好像一切畸零的事物，全都沙沙地走動。

站在祖父的莊園外，那堵以水泥椿和黑色塑膠網層層圈造的牆垣前，我發現，網眼上，那顆我整個夏天慣看的巨大蟻窩，如今居然消失了。充作大門的鐵柵欄旁，掛著祖父自造的郵件箱，像他喜歡的所有事物一樣：誇張地巨大，彷彿是爲了讓郵差將自己投身進去。我推開鐵柵欄，騎入祖父的莊園，讓過那間祖父稱作「會客室」的長方形水泥房，在蜿蜒的道路盡頭，我遠遠望見三合院落，祖父和祖母坐在庭埕邊。兩道人影，非常模糊，其實就像夏天開始時一樣，說他們是其他人亦無不可。遠山外烏雲堆密，那片山陰，應該已經開始下起大雨；但對面，另一片山邊，陽光仍在如煦地退讓。風裡有雨的氣息，有太陽的遺跡，有熱，有冷。我抹抹眼。事物在沙沙流走，在變幻，在交融。他們坐在他們生活的地方，像是坐在他們惟一會那樣坐著的地方。

我彷彿聞到祖母的香氣，彷彿看見那些線索周折反復在空曠的道路上，讓一切顯得巨大地陳舊。透過窗戶，我看見祖母一如祖父所馴養的小溪，讓她的櫥櫃伏流千里，在他們的「會客室」裡冒生。一具具的格屜，我知道，裡面裝著一包包茶葉，和祖母親手包藏的零食。所有東西都耐於久藏，祖母以此，等待那些從不現身的訪客。

我還記得，抵達山村的第一天夜裡，我去到他們的圖書室，想找個地方風乾我的書包、玩伴們和我自己。我把所有東西，一股腦全攤晾在那張巨大的桌子上。祖父看見後，沒說什麼。第二天，當我再回去，我發現祖父任令桌子混亂，卻將整間圖書室清整了一遍：大約純粹是以方便一個氣力有限的孩子拿取爲考量，所有書籍，被依開本和書背的顏色重新排列，愈厚重的，集中在書架的愈下層。這像是立體的暗示，我發現雖然圖書室的書，較新的那一半是祖父購置的，但祖父並不識字。我想像祖父穿著舊西裝，戴著禮帽，提著公事包，在港區書店街裡流連的樣子。我想像祖母拖曳著腳踝，用所有剩餘裝填「會客室」的樣子。我想像來自安寧病房的病人，一個人站在醫院販賣部裡，那些琳瑯貨架前的樣子。不知道爲什麼，對我而言，這世界的某些稜角，因此變得模糊。

我猜想，他們正在等待我。等我靠近，他們會對我招手。祖父會坐在我左邊，祖母會坐在我右邊，他們會餵養我以一些家常的食物，在他們家居的庭埕邊。我如此盼望著，奮力踩起踏板，載著張致於車後的小王與阿南，靠向我的祖父祖母，直到我看清他們在那裡做什麼。我聞到雨的味道，像徹夜未眠、倚著開飲機的父親一樣乾渴。像由祖父背著，我低頭，看見被他以雙腳踏勘過、改變了的地貌，如今漸漸星散，漂浮在雨的氣味裡。我看見泥濘的坑道和漫流成河的山路不斷從我視線底隱去；看見做水那天，我跟隨祖父的步伐，於午前抵達深山的湧水湖。然後我終於明白：爲什麼在夏初，不知所措的父親，會把我丟棄在道路的盡頭了。

我感到羞愧。

□

深山裡的湧水湖：做水路途的終點，祖父的忘川之源，山村的心臟。湖邊是一片雜樹林，我舉目四望，搜索著，但空氣裡的聲響告訴我，父親形容的巍巍大樹，不會長在這片林子裡。祖父領我忙亂起來：去湖邊打水；從尼龍袋裡拿出鹽，薑，米，酒，鍋，碗；升火；煮食。暑氣褪去，炊煙裊裊升起，對著這一切獨酌的祖父，看來心酣意暢。一隻穿林而過的白鼻心，短暫吸引祖父的注意。祖父將目光移向我。我知道，祖父並不是眞的在注視我，只是，光影裡和好的什麼，仍讓我微微警戒。祖父說，很久以前，當山村還興盛，那時的做水一途，比現在繁複千倍；尤其是在秋耕前，當幾乎全村男人都上山來，都想緊揪住這顆心，分下水，接回自家院落與田地裡的時候。

那時候，祖父說，如果我們像現在這樣，在午前趕抵深山的湧水湖，我會看見滿林子坐著站著，老老少少的山村男子。喔，還有幾個女人，是那些沒有父執輩領路的小孩的婆姨姑母什麼的，也牽著些小鼻涕蟲，上山來哭鬧了。我會看見年輕時的祖父總也在場，但我不會看見他眞的動手「做」任何事。那時的他，總是象徵性地將鋤頭倚在樹下，到離開前都沒有再拿起過。當眾人在共謀與權衡分際時，他周旋其中，打招呼，按眉梢計慮，發掘一些笑話說。總是有那麼多既像嬉鬧、又像性命拚搏的身體接觸：有人被和善地推倒；三個人架著另一個人去檢視湖邊的汲水管；一個人提著另一個人的耳朵，像要把無數多的歷史重灌進他腦裡。有那麼多的細節需要他去注意，那麼多的握手，討論，推倒，扶起，指點，打撈，配管，檢查，中途離席，在關鍵時刻回返，才能讓所有人一起做完水。當工作完的飲宴開始，那往往已是近黃昏的時候；那時候尚未喝酒，雜樹林裡近晚的水霧，往往已令人得意地微醺。

在某次做完水的飲宴後，他避離眾人的招呼，獨自趁著酒興，走下群蟲的荒原。他看見在月光的剪影下，那些被遺棄的茶樹，一棵棵掛著纍纍卵蛋般的樹籽，哀哀立在荒草堆裡。他摘下茶葉，搓揉，聞了聞。他皺眉，像再次聞見挫敗的氣息，聞見十多年前，栽種班湧進山村，開墾坡地試種茶樹，但終究一無所獲，又如潮水般退走的挫敗。他一生被這種感受給驅趕，腳不著地，一步步捏塑自己成爲今天的樣子，卻從來不能說服自己，將這種感受視作理所當然。若干年來，多少次遠望山邊，他總憤恨地計量著，若有能力，他必要買下這座山，剷平它，將那些茶樹從地表移除。然而，奇怪的是，那一夜，當手中茶葉苦悶的氣味滿溢鼻腔時，不知道爲什麼，他發現自己不再這麼想了。他看著一次次被夜色療養的寧靜山村，突然間感到平靜；突然間，他想到該給他的孩子，我的父親，取什麼姓名了。

孩子該從母姓，這是約束好的事，他無能爲力；但孩子的名，他願意將自己終生最美的企望傾注其中，讓所有人這樣叫喚這孩子。當然，他並不識字，不很清楚這個名字會以什麼樣的形象出現，他只是一路哼著歌，撫摩著山路上的草葉，用一整個腦袋的想像力將這個名字護衛下山，像攜帶著一個無筆無劃的夢。

那時，他的孩子，我的父親，剛出生不久。他出生在盛夏，一個大颱風過後的寂寥午後；他小聲小氣啼完人生第一回哭，像盡過義務一場，從此就很安靜，很有禮貌，很與什麼都疏遠地在母親身上進食，休憩。不做這兩件事時，他鎮日張著大眼睛，骨碌碌而漫無焦距地，像把什麼都看年輕了。

他的父親，我的祖父，在他還沒有名字之前，叫他小老頭。他覺得一隻臥在樹皮上吸食露水的暮死之蟬，都比小老頭來得有求生意志。時常，一日數次，在極度安靜時，他會忍不住進房裡翻弄小老頭的搖籃，看小老頭是不是真的在那裡，是不是還活著。沒有人教過他，要如何當一名父親；他不知道，怎樣會更好或更壞。有時，他也會不安。在正午種作暫歇，當吃完飯包，與眾人傳遞過茶壺，各自在田地邊尋樹覓蔭小憩時，他躺下，時常在光影粼粼間作起陸離的夢。比眞實還清晰而緩慢，他夢見妻子白軟的肌體，小老頭俯臥其上，安靜地吮食。盛夏讓曠野的聲響更遠了，連打穀機轟隆隆的噪音，都變成適於安眠的單音。然而，就在這單音的催化下，小老頭突然醒覺了，像蟄伏著，終於耐心地曬乾羽翼的蟬，他拍動羽翼，在房裡盲目地飛行，唧唧鳴叫。他沒有眼睛，沒有腦，沒有心，卻有一條未脫的臍帶連繫他的妻子，將妻子攔腰拗折成一床被褥，拖行在空中。被拖行著，不斷擦撞床板和房裡的櫥櫃，妻子卻似乎沒有痛楚，反而歡愉地，露出那種總令他十分惱火的傻笑。眼看小老頭就要碰撞出房門了，就要穿過陰暗的長廊覓出飛向庭埕的路了，他急急追趕，想要趕回去阻止這一切發生，腳步卻像泡在水裡一樣遲滯。他醒來，意識到自己的心還怦怦跳著，憋了一肚子的尿，莫名生起妻子的氣。

他起身，仰看天光，全身像浸在令人焦躁的泥濘裡，一半的自己命令自己去尋地方小解，另一半的自己卻寬容地任令自己稍歇。仰看天光，他想起那些初習農事的學徒日子裡，他認眞地將自己種在山腰的一個坑裡，把公家的技術手冊抱在懷裡當護身符，閉眼想像自己是一棵茶樹，與整片茶園在四散的雨中搜尋活路。他發現了，躍出坑，衝進草寮裡對他的同僚說，是排水問題，我們得先改善排水。同僚們在草寮各處蹲躺，用鍋盆接雨水，用飯碗賭骰子。他們全都放棄了，只等待眞的天晴，就要離開山村，到他處種作謀生。他們全都覺得他挺搞笑的，時常取笑著，說要共同創作一篇名爲「轉進」的圖解章節，附在他的技術手冊裡，讓他參考；否則，他恐怕會任自己溺死在那個自己挖出的屎坑裡。

他們幽默的方式令他挫敗。他們取笑他的一切作爲，拿他取樂，用言語逗弄他，稱他爲「詩人」，說他很「浪漫」；看他愈是把玩笑當眞，愈是氣急敗壞，像要放把火將自己燒成灰的樣子，他們就愈樂。他無法阻止自己，成爲他們的休閒。這一切他都親身經歷過了：沒有父兄，沒有親人善意的指引，他找到他們，仰賴他們的提攜與教導，卻又打心底看不起他們，以及必須這樣仰賴他們的自己。這些他都懂得了：跟在他們身後，揣摩他們企圖教會他什麼：用以桑喻槐的言談，用領他觀看的實作，用那些面對面以沉默迫人的時刻。這些他都學會該怎麼做了，而且能做得比他們更有教養。

然後他成了他的父親。

他會親手把他從樹皮上摘下來。他會連名帶姓稱呼他，像嚴厲地踏實一個美夢。他會領他上山，接引他靠向山村的心臟，讓他明白沒有什麼是自然形成、不需要代價的，即便是季節的光度。他會將某些矛盾的意念過早地傾注在他心中，讓他對這世界免疫。例如：他會教會他，人生之路沒有什麼是容易的；矛盾的是，他可以一直抱持這信念，好讓人生確實變得容易過些。翻檢著他的搖籃，確信他眞的存在，他想像著自己將會如何一步步牽引他。他想著自己的父母，那兩道如今已然十分模糊的身影，即將想起的事景在他看來，比夢還離奇，因爲環繞他們，一切與他們有關的，包括那個小漁村，已經似乎都像流沙一樣，從地表散失了。倘若給他地圖，他也無法確實指出，它曾在哪裡存在過。

他記得自己聽見父親出門的聲音。父親習慣就門檻敲鞋裡的海沙，扣扣扣扣。正午的陽光似乎十分安好，他無法全部窺見，彼時他尙不會走路，鎭日被繫在神桌腳邊，顚簸學爬。他有極好的聽力，背過身去，他猶能聽見父親不耐煩地伸出大掌，邊走邊在臉邊搧揮。風聲呼呼。那是他對父親，最後的記憶。關於母親，他理解得亦不多。他特別記得，那片防風林遍纏紫藤，在所有人都忍著飢餓的季節，紫藤日夜吞風，像亂舞的手，在高空交握成帆。他記得，人們入林伐藤，回來揉捶、編就提籃，裝細瑣的用品，裝不多的食物，有時，也把小孩擱在裡頭。當他還是名嬰兒，他就住在這樣一個有蓋的提籃裡，果核般孵長。他不常哭，因為那提籃防水隔火，很容易被些微聲響給填滿：一個人躺在黑暗裡，聽著自己三小時前的哭喊，還在自己耳邊迴盪不去，誠然是件非常驚悚的事。

夜半，當他在提籃裡輾轉側身，張起一隻耳朵，會聽見父母咕嚕嚕的腹響聲。他聽見母親躺在床板上，為疲憊的筋骨，與所有隱發的小病小痛哼哼唧唧。他聽見母親，將自少女時代起就披在頭上防風的黑頭巾鬆綁又牢繫。他聽見她在身上噴灑大量苦茶油，那和汗水一混合，總順利地揮發出一種不幸的氣味。他聽見父親坐在床板上搓腳皮，不時把手湊近鼻邊聞聞嗅嗅，像頭憨厚的大狗。突然，總像一陣逆行的微風撫過一切撩亂與橫溢，他們會聽見隔鄰，那位寡婦，又悄悄推開後門，靜靜地，向著防風林的方向走去。

那靜悄屏息他們一家。他們總一同聆聽，幾乎形影不離，聽著他們的芳鄰，穿越淅瀝瀝的海風與夜霧，一步步踏過堅硬的石板巷與光滑如魚背的沙丘，遠遠地繞向海。他們更常留心她手上提著的那個提籃，在一步步遠去時所發出的撞擊聲。提籃裡，裝著某些閒散男人的贈與，某些果品，某些肉。某些食物。唉。他那不幸的母親既像歎息，又像只是打個呵欠那樣吞口氣說：要不就決絕不收，收了就鐵了心嚥下，像這樣夜裡丟棄，自求清高，有人見了豈不更鬧不乾淨？父親掃了母親一眼，他那虛弱的母親輕輕轉身，面對薄牆繼續哼唧去了。

他聽見父親起身，套上鞋，從角落摸出又一個提籃，出門去了。越過窗，父親一走遠，母親就徹底死寂了。好像她全身病灶，一時半刻全都熄滅了。好像自少女時代起，即纏在她項上，引她偏頭痛的旋風，突然之間平復了。好像所有的咕噥與抑鬱的耳語，在這世上再也無人聽聞那般隱匿無蹤。那時，她會坐起，打開提籃蓋，靜靜觀察他。

她會用手指輕輕搔著他的臉，用力睜著眼睛，對他微笑。透過她的眼眸，他會看見她所見的，像見識夢境，他看見他那高大的父親，低伏在沙丘後頭。透過強風穿行的林隙，他看見父親等待一名寡婦，將提籃裡的東西倒在防風林的深處，然後離開。然後，父親就要屈身跨過所有的藤蔓與枝節，將那些食物拾起。他們等待他來餵飽他們。只要讓過他們的芳鄰，聽她回來，關上後門，門下門門，他的父親就會將一個提籃，像放下他的雙胞胎一樣，放在他們面前。

他們等待他這樣做。有一天，父親回來，提籃是空的。父親笑說，被她發現了。她知道父親尾隨著她，因此不再將東西倒在沙地，而是特意擺在一塊石頭上，然後低頭快步走開。父親見了，反而不好意思去撿了。防風林外頭，就是海。海的近處有幾盞燈火，是一些總不死心的漁人，在東北風的季節裡，徹夜撒著空網。他那善水的父親蹲在暗處，看著那塊被低垂的月照亮的石頭，躊躇許久，終於苦笑，空著手回來。沉默。他感覺母親的視線貼著父親，在靜靜觀察他。他感覺那就像在以往，當他父母徹夜在洗滌，在咀嚼，在吞嚥他們的收獲後，在天將亮時，母親抱起他，睜大眼珠，觀察他吸吮她的乳頭時那樣專注的眼神。

「那又怎樣？」突然，他聽見母親說。他感覺她搶過父親的空提籃，甩門出去。他幾乎以為自己，看見她手肘掛著提籃，提起褲管，蹦蹦跳上那片沙丘。他看見寒風招展她的頭巾，但她依舊昂著頭，將一條十里長的身影掛在頸後，那樣奮然，那樣空前一無所懼地投向那片聲音恣肆的林裡。他可能其實並沒有眞的看見，但那卻是記憶中，他對她最深刻的印象。

記憶中，那是一處漁村，但只有窮人才下海捕魚。窮人們全都長得像親戚。當這些相似的頭臉，駕著相似的舢舨，在月光下撒網捕魚時，魚群會震懾於自己的孤伶。他們以全體的靜默合作謀生，也那樣對待彼此，與彼此相處。當他們心有別求，他們就默默走到村口海王廟，求刻一尊海王像；默默供奉於廟裡那一壁尺寸不一、形容相同的神像堆裡。每逢海王誕，他們會蜂擁而回，將一壁海王一一架到轎上，兩人一組，抬著轎，嘶吼著，與神像一同衝殺入海，說是「醒海王」。那是他們最踰矩的時候。也是在醒完海王，趁祂還未昏過去又睡上一整年的那個下午，一生一次，漁村裡的父母會打扮淨整，領著未滿周歲的孩子，來到廟裡，爲孩子問前程。其實，前程已在所有窮人的身上寫明：一雙手，一張網，以及一張永遠有辦法曬得更黑的人皮。但他們依舊想問海王，想求祂親口說得更多一點。

這一天，他聽聞，他的父母帶他去向海王問前程。在提籃外，高大的父親與矮小的母親，相偕走過漁村裡那惟一一條長街，去向海王廟；對他而言，世界從此開始傾斜。彼時，他的父母青春正盛，新婚一年，頭胎生男，正是幸福恩愛的時候。他們將一條長街踏得步步生蓮，噌怪著，輪流要對方快將提籃裡的他遞過來，既心疼彼此，又疼愛著他。這非常難爲他。他生來牽湯帶水，滿臉鼻涕、口水，滿身的汗，自出生以來，沒有一刻鬧得清爽。那天，在提籃裡，他被一身新衣包紮得結實，像一尾困在芭蕉葉裡的鱔魚，張閉著黏呼呼的皮膚，忽高忽低，在父母手上顛簸，驚恐地集聽一路上向自己拉近的風景。

他聽見牌樓，聽見廟埕，聽見一座大廟吞噬自己，聽見一壁濕淋淋的海王，隔著檀香燎燃的白霧，瞪視著他。他感覺自己又矮了下去，不可能更低了。一張用來扶乩起事的神桌高了起來，他聽見雜沓的人聲。他發現廟堂裡的氣流又冷又熱，像兩群螞蟻，挑逗他的毛孔，引他去放開肚臍裡一個開關。他被自己浮盪了起來。他流出鼻涕，流出口水，流出汗；他極其隱密地，忍耐著，慢慢在新褲襠裡，拉了坨其臭無比的屎尿。輪值抱他的母親首先發覺了，看看提籃，看看神桌，羞赧地低下頭；父親跟著發覺了，看看神桌，看看母親，又轉頭看向一條街外，自家的方向。等到廟堂之內所有人都發覺，他已經在浮盪中，歡愉地睡去。他沒有聽見定案聲響，沒有聽見扶桌解諭的四名桌腳，齊聲宣示海村史上，海王所說過最透天、最直達終局的預告。海王預言：這屎溺裡的嬰孩死時，將比他的父母，離家更近。

他的父母，提著薰天震地的他回家。當天夜裡，父母避過眾親友耳目，從床板下起出一瓶窖藏多年的老酒，坐在他身邊，一口口對喝。母親哀哀扭轉心腸，參研海王的諭示。海王說的「比他的父母」，是什麼意思呢？這困擾著她。她對丈夫叨念著各種可能。會不會，「比他的父母」，是指「比他的父母死時」？這是否意味著，她將與丈夫一起喪命？的確，她多次想像，總有一天，在一場暴風雨裡，他們將要手牽手葬身海底，那是他們合理的宿命，卻並不令她畏懼。會不會，海王想告訴他們說，他活不過童年？他將夭折在這裡，這張床上；他無論如何，不會比這個位置「離家更近」了。也有可能，他們會順利偕老，順利將他拉拔到血氣剛烈的青少年；有一天，他們將要踽踽步伐，循著他的血跡追蹤他，他們會發現他撲倒在家門口，背上插著一把匕首。天啊，那多可怕，多麼令初老的他們徹底無望了。她找不到令自己心安的詮釋，她問丈夫：「怎麼辦？」

父親不答，彷彿已然酒醉。他在想像，那句神諭將永遠把他的孩子綁在他妻子的背上，兩人會像同一個盆栽裡的兩株向日葵，鎮日搖頭晃腦，不斷忖度著這破敗村裡，這間破敗的泥屋。他哀憐地看著妻。他想，他必須設法解決這件事，於是豪邁地一口乾掉那瓶老酒。當妻子還在他面前叨叨唸唸，他要她閉嘴，乖乖睡覺，否則揍她一頓。

第二天，他把臉洗乾淨，穿上昨天那套莊重的衣服。出門前，他看見孩子趴在自家神桌下，被身上的繩索給纏成一團。他抱起他，爲他解套，拍撫他身上的塵土，看他十分稚氣地閉著眼，以頭臉輕輕蹭著他的手，像在傾聽什麼。他放下他，回身看屋外的天光，歎口氣，不知道自己將要爲他討回什麼樣的說法，才能讓心中的疲累感，也像塵土那樣輕輕被拍除。他出門，走向海王廟，眼望長街上的一切，突然之間，對即將發生的事厭煩極了。也許，他想著，最當初，他根本就不應該跟所有人一樣，去動問什麼神諭的。彷彿終生苦勞還不夠；彷彿不知道生活還要向他需索什麼，這樣的茫然還不夠；彷彿他眞的愚蠢到不理解，這些所謂的神諭，是如何操縱在人的取予間。但這次，他想，他們也玩得太過分了吧。他一路走，一路想，卻完全不明白，自己曾在枝枝節節的摩擦中，哪一次致命地得罪了他們。他走過牌樓底，發現昨天的四名桌腳，正在廟埕上相幫著拆喜棚。他想，省事多了。他耐住煩，揮揮手，召他們過來，要求他們正正經經、老老實實，再爲他的孩子扶一次桌。

桌腳之一，人稱阿猴的男子愕然，對他說，王都睡過去了；況且，也沒人可以要祂把說過的話收回。他仰頭，鄙夷地想：眾神都來看看啊，這人到現在還這樣說話。他俯看阿猴，這個自小打鬧到大的遠親兼玩伴；回憶他如何憑一副尖嘴利腮，鎮日蹭海王的香油錢，積累甚多，終於也就爬上岸，不必隨大家出海了，只在海王廟前經營一家雜貨兼小吃店。他哼了聲，彷彿直到那刻才發覺，自己其實打小就看透阿猴的狡詐。哼，這個魚肚縫裡的蟲，勢利眼，王的圍事漢，他賣給鄉親的酒都特別稀；不只，我看，給隔鄰那寡婦送東西的閒漢裡，就有他一個。他搖搖頭，彷彿不屑和阿猴理論。當著他們的面，他舉起手，答答擰出指節聲，氣魄地說，要嘛替我孩子重安神諭；要嘛吃我拳頭。

陽光底，四人仰望父親拳頭，互望，都笑了。他們甚至沒有遵循海村慣例，再三動問、確認他是否認眞要動粗，眨眼就圍著他開打了。他們默契十足，三下兩下，將他打成一張蹦蹦跳的桌子。他瞻前不顧後，看著兩雙矮小的身影在他腋下胯底穿梭，一拳一腳都是實的。當他力怠，四人還是各據一方，虛虛站著，看他站起，要撲向哪方，站他身後的人，就使出絆馬腳，再次將他勾倒。他站起又跌倒，站起又跌倒，鼻孔出血，嘴裡含沙，將一輩子的臉都跌股殆盡，老子都不老子了，才終於臥地不起，再次舉起手，投降。

四人撤去大概有半世紀那樣久，開始有人靠近，想扶起他。他揮手拒絕，埋著臉說躺著挺好，我是要躺著的，挺舒服的。直到感覺廟埕上看熱鬧的大多走散了，他挺起被螫得刺痛的背，翻身一看，日頭白花花，他們已經把喜棚拆走了。他爬起來，佯裝無事，走到戲台邊一棵茄苳樹蔭底坐下，抹抹臉頰，擦擦鼻血，閉目養神一番。我沒事，我沒事。他用大拇指堵住鼻孔，想著：怎麼可能會有事？不過就是，被四個侏儒圍毆到流鼻血而已。有人用什麼碰碰他的手臂，他張開眼，發現阿猴拿著大半瓶米酒，笑著，站在他面前。「還沒死？」阿猴問，在他身邊坐下。「你們手腳無力，根本不夠看。」他說。他接過酒瓶，喝酒，酒將他嘴角的傷口蹭得酸痛。他看著阿猴，說：「你太不夠意思了，怎麼幫他們不幫我呢？想想看，我跟你比較親，你還是我兒子的、的，你娘的，」他再擦擦不斷流出的鼻血：「把我打得忘記我兒子要叫你什麼了。」阿猴呵呵笑，說：「阿嫂叫你不要再想了。鬧完，趕緊回去休息。明天透早三點的漁汛。」

他不予理會。他盤坐著，像僧侶，逞起雄辯之舌，開示起阿猴做人的道理。從兒時同穿一條褲子的時光，數落到成家立業的此時此刻。每一筆曾借給阿猴的賭資，每一瓶曾請阿猴喝過的酒，他都扳指數出，務要提醒阿猴誰才是他的兄弟，誰會在最後，還站在他旁邊相挺。阿猴頓悟，感激涕零，悔恨萬分，一躍而起，說海王的事包在他身上，他一定奮力搖桌，搖到海王改口，說得他的孩子將要揚威十萬里，騎馬進京做皇帝，否則不放祂下桌去睡。「也不必做這麼大事業啦。平安就好，平安就好。」他開心地說，順口喝乾阿猴帶來的酒。「不，一定要，包在我身上。」阿猴說。

他還要謙讓，頭一歪，醒來。茄苳樹影晃動，眼前無人。他覺得口渴，突然之間，羨慕起夢裡的自己，居然能這般滑舌討巧。

不知在樹蔭底坐了多久，太陽卻像是永遠不會落下。不知道爲什麼，他發覺自己慢慢走向阿猴的店，與在店頭涼棚下閒聊、撲蒼蠅的四名桌腳隔桌對坐，盯著他們瞧。「嘿，」阿猴走來，用披在肩上的毛巾抹抹桌面，友善地跟他打招呼：「還沒死？」那招呼的方式令他頭殼炙熱。「阿猴，」他艱難地說：「眞失禮，我有什麼過錯，哪裡去得失了你，請你跟我說。」「說什麼呀？三八兄弟，沒事。」阿猴看看他的臉，同情地說：「我出手沒有太重吧？」他搖搖頭，低下，死盯著桌面，不發一語。沉默。阿猴用指節扣扣桌面。他抬頭，恍惚看他，良久，對他說：「我肚子餓了。」阿猴擠給他一個親暱的表情，大意是說：「這可眞是新聞啊。」

「我請客。」像個眞正的漁夫那樣海派，阿猴說完，轉身進廚房。

他更爲艱難地，更有禮地，從筷筒裡慢慢湊全一雙筷子。他吃了一海碗雜菜麵，一盤乾切肉，一條煎白帶魚，喝乾一整瓶米酒，覷著無人留意，把錢留在桌上，悄悄走出涼棚。他摀著傷口，低頭走過家門，未進屋，走過長街，穿過防風林，坐在樹林盡頭，僻靜的沙灘上發呆。太陽從頭頂移到海面上，染紅一切。心腸裡什麼東西還在求取，他覺得不舒服，像還餓著。他想像自己還面對著一條風沙滾滾的街，還靜靜坐著，才要開始吃喝。那時，從涼棚向外望去，漁村在他眼裡，像一塊反覆風化的頑岩。對呀，眞應該這樣做的。他閉眼，想像自己正在咀嚼，正在吞嚥。「你有什麼，我吃什麼。」眞應該這麼說的。他會要阿猴一直端菜上來供奉他。一直到炒第五盤菜時，那是一盤，嗯，炒鱔魚吧，阿猴才會覺得不對勁吧。他會手執大鍋，從廚房歪過頭，看窗外的他。那時，他依舊一手按著桌子，一手舉動筷子，把食物依照遠近，溫吞吞掃進嘴裡。嗯，就這麼辦。

吃到第八盤菜，嗯，最好能來盤油切雞，我看夠魚了，涼棚裡其他三名桌腳，都注意到他了。阿猴悄悄走出廚房，隔桌坐下，觀察他。他清空所有盤子，疑惑地抬起頭，看向他們，吼道：「看什麼？我還餓著哩。」一句虎虎生風的話，把阿猴轟回廚房，把其他三人嚇出涼棚。第十二盤菜，第二十盤菜，他就坐鎮店頭，就用這張嘴，一語不發，把阿猴困在廚房裡。直到陽光在街上，如現在的海濱這般邪魅；直到阿猴炒僵了手，而他也吃直了眼，兩人各據一桌而坐，對看著占滿另一桌的一堆菜。那時，「怎麼辦？」不急，他飽中生智，開始滿路抓兵，要路過的捕魚人都進涼棚，都來與他同桌共食。他說：「阿猴，早上你們四個打我一個，現在我四個吃你一個，公平吧？」對，一定要這樣對他說。共食的三人，換了又換，他吃走一臉嚴肅的岳父大人，吃走哭哭啼啼，懷抱著孩子的妻；如果父母還活著，他也要埋頭吃走他們。他要一直吃，一直吃，邀請所有人都來，驅趕所有人都吃飽飽地走；一直吃，一直吃，他說我們才不要活得那麼卑微，讓人見笑而且整天挨餓，我們相挺，一路吃破這圍事漢的店頭，吃破牌樓，吃破廟埕，吃到濕淋淋的海王跟前，讓祂有話立馬就醒來直接對我們說，大家說好不好啊。

他想像自己這才喝乾最後一口酒，才腆著肚皮，灑脫站起，走向阿猴。像現在這樣眼泛淚光，卻毫無屈辱。他指向身後，像指向海王廟後那些離海的富家，亦像指向過往所有饕餮求食的艱難時光，對阿猴說：「我吃破你們了。」「是啊。我們被你吃破了。」阿猴歎服。「還敢不敢看不起我啊？我有沒有贏過你啊？有沒有讓你覺得很丟臉啊？」「兄弟，我從認識你那天起，就覺得很丟臉。」「很好很好，」他滿意地轉動步伐，說：「我走了。錢明天算給你。」「不用了，」阿猴還委屈地說：「我請客。」「什麼話？我這人說話算話。說明天算給你，今天就不會給你。哈哈哈。」

那時，他才會走出阿猴的店，才可能在夜色中，獨自穿過防風林，像現在這樣，坐在沙灘上休息。活到現在，他將第一次發現，原來吃太飽是件很難受的事，難受的程度，勝過連續三個月沒有漁汛時的饑饉。這眞是太奇怪了，他想，這世界的一切太沒有道理，而人太容易受苦了。人都這麼苦了，但人生於世，要想留下一點痕跡，卻是這麼艱難的一件事。他左顧右盼，確定四下無人，阿猴也沒有跟來和他繼續較量後，在沙灘上挖了一個坑，對著坑，劇烈地嘔吐起來。他看著坑裡那些菜肉魚麵，依依不捨地將它塡平。他頗想做個記號；他想，這也算是個了不起的成就，總有一天，等孩子長大，他要帶他回來看這個坑，告訴他，有這麼一天，你爸我也曾經恨吞天地，體味了知榮辱然後才倉廩足的感動。可見，兒子啊，人還是大有可爲的。但，她爲什麼牽著他的手，在我面前那樣啼哭呢？他不解。錯了錯了，他不是應該比我們離家近點，我才應該站在她旁邊呀？他想著。他解開衣領，鬆鬆褲襠，向岸邊慢慢走去。「噓，什麼都別說。噓，別那麼孬。沒事的。」他跟自己說。

後來的事沒人知道了。他的母親用力睜著眼睛，哀哀地想說服他說，父親只是想去岸邊沖個涼，不意一陣冷風將酒意催上腦門，令他神智喪失，不愼落海淹死。就這麼簡單。有他們爲伴，父親是幸福且知足的，絕不會像人們所想的那樣無謂地自殺；縱使他將身上衣褲都脫下，都整齊疊好，放在不受潮掩的大石頭上，那看起來，多麼像是一個主動宣告離開的訊號。

無論如何，他慶幸自己天生就不習慣觀看。許多年後，他將以自己的方式，長成一個自己希望長成的人。那時，已經沒有任何一塊土地可以啓蒙他；沒有任何一段來自土地的故事，可以撫慰他，娛樂他。他感覺自己陷在一種所謂「鄉愁」的缺憾裡，時常疑心，似乎，他人身上，沒有任何一種對自己有意義的情感。

惟有一種：軟弱。他視軟弱如人身上的病菌，他聞得到它，循著氣味他就能洞悉，生病的人會在意什麼微不足道的小事。回憶父親，在成長的歲月裡，他時常閉眼就能聽聞父親一個人在夜暗的海灘上，摸索著脫衣、摺衣的細膩聲響。他知道，彼時的父親是全然清醒的。他想像善泳的父親如何任令自己溺斃，不能不欽佩著父親。回憶母親，他想像她被告知訊息，拖著長長的頭巾奔向海濱，看見赤條條的父親以俯臥之姿，在海面上漂蕩，比還在世時並不顯得特別安靜，也不特別吵鬧。他像是還活著，還奮力游著；他嘗試去向遠方，卻屢屢被向海村湧來的大潮給推回。他就像獨自抵抗著漁汛；抵抗著不可冒犯的，一村人推動岸邊舢舨的莊嚴時刻。她在沙地上凝重地走著，想著對她而言，同樣莊嚴的海王神諭，或者宿命，或者偕老。她愈靠近他，就愈不哀憐自己，就愈感覺他終究並未離棄她。某種愈來愈清晰的直覺，標定她的心緒，讓她不惶不惑。她反覆看著他，再回頭遠望他們的家，用自己的腳一步步精確測量。求你了，她咬著牙，在心裡堅定地對丈夫的屍體說：不好意思，在我把你撿回來以前，麻煩你游得遠一點，再遠一點。你欠我們的，你完全可以，而且應該這麼做的。

即便是這樣的父母，對成年後的他而言，都還是太軟弱了。從父親過世的第一天起，他的叔伯，那些與父親長相相似，連個性都像極了的男人們，開始趁夜溜進他們屋裡，他們的床板下。他們挖到幾瓶酒，幾個空鐵盒，再沒別的了。他們仍不死心；有時，他們甚且帶著捕魚用的防風燈，群趴在床板下，用靜默的手勢溝通。他們的小屋靜默成海，母親抱著他，流著淚，哼著歌，徹夜在屋外走動乘涼。母親不能理論這一切，只在葬禮後三個月，一天清早，帶著他離家出走。她一手提著衣箱，一手抱著他，在長街上走五十步，走進一模一樣的另一間泥屋裡。那是她的娘家。彼時，他外公正坐在門檻上抽菸，不敢相信她就這樣回來了。感覺上，她不像出嫁才一年多的婦人，倒像是與鄰人鬧了近兩年醜聞的閨女。他外婆比較務實，十分鐘後，她已經穿著一身破舊的黑衫，蓬頭垢面，打著赤腳，三步兩步跨過外公，站在街上張望，決定由街頭第一家開始串門。一上午工夫，幾乎各家各戶都接待過外婆，聽過她哀矜的泣訴，排解過她，也都知道她是如何受命運無由的捉弄，生得這樣一個女兒：新寡，沒錢，沒人緣，拖著個小鼻涕蟲，回來寄食了。

母親重回出嫁前的生活：無止境的使喚、盤問與責備。她適應良好，時常頗有餘裕地感覺自己的父母老了，不比從前了。她重新發掘海村寡婦史，明白其實不是海王，而是她們，護養了今日的海村。她想著在流淪於野，與孤獨而死這兩者間，無數的她們，終於褪盡惱人的青春。這麼一想，她寬慰不少，彷彿自己將來的命運，也不顯得那麼難測了。她看向頂頭的樑柱，希望他快快長大，如此，她也就能速速老去；頂著海風，在這破敗村裡，與生她的父母，與這間屋子一起凋零。她翻身，輕捏他的臉，對他說，事實上呢，所有人類的祖先，都是由寡婦們供養起來的；整個所有歷史，就是由寡婦們手中不斷破罐破摔出來的，就像賭徒們手中的骰子。她覺得這些靈光一閃的話滿有道理的，雖然她不確定那是什麼意思。她不在乎，她儘可以對他胡言亂語。他是她尚未學會走路的兒子。她是世上時間最多的奴僕。

她有時當他是孩子那樣溺愛，有時待他如大人那樣頂眞；有時，在他看來，她也不過就是個孩子：在她的房間裡，有一個洋鐵皮罐，她用來收集她的父母偶爾施捨給她的零錢。每逢海王誕前夕，她就用那些收集來的錢，去求刻一尊海王像，像個執拗的老少女，年年乞討同一個既枯槁又純眞的夢。她變得更多疑，更不輕信任何人，只更毫無保留地照看他。雖然，大多數的時候，她根本不知道該如何與他相處。

在他明白自己的成長不可能是私事時，他也發覺，其實所有人都不知道該將他安置在哪裡：勞碌的母親，與死去的父親，給他一個無拘無束的童年。他能跑多遠，母親就讓他跑多遠，如果能永遠越過她目測能力的範圍，她會更加滿意。他時常學外公那樣，坐在門檻上，把雙腳伸到街上，在陽光下曬暖。等到滿意了，舒坦了，他起身，舉起腳，開始邁出一天的旅程。他沿海岸線走著，漫無目的，不做什麼，就只是走著。他發現他的腳，是他身上另一種超乎存在的天賜；他在移動中發育，像蝌蚪，只有在長出腳後，才能知道自己將長成什麼。他喜歡趕路，把全身重量交替分配於前進的步伐，大口呼吸，感覺自己的胸膛像幫浦一樣噗噗作響。當他回來，他滿意地褪去衣物，睡倒在床上。母親從他的褲袋裡翻出他的乳牙，東岸的星沙，山上的雲母石。母親問他都去過哪裡，都看到些什麼了呀。他說，不記得了。他看見自己的步伐，他走得太快了。

他沒有玩伴，沒有人跟得上他。當他寂寞，羨慕其他孩子們共同的緩慢遊戲時，大海包容他。泡在廣漠的海裡，最群聚的也顯得孤立，最孤立的也顯得群聚。站在岸邊，往海裡撒尿，垂釣死去的父親，感覺世界的安好，互相並不增減什麼。他會覺得自己和所有人一樣，不是人們眼中那個嬰靈般的遊魂；不是人們口中那個，一坨屎尿痾死父親的不祥之物。最安寧的時候，是某些一如父親悄然離去時那樣寂然的傍晚，當所有海村人尚未起床追漁汛，他那鬧偏頭痛的母親，會在村口等他，像接待遠行歸來的遊子那樣接待他。避過外公外婆，他們走到海邊，一同吃母親帶出來的飯盒。母親像標竿，像尺規，總是小心翼翼，讓他面對她，坐在離家較遠的位置，也許，只是爲了提醒他，她並沒有忘記那道將他們緊綁在一起的神諭。她只能這樣待他。他其實並不在意，他已經習慣：母親記起一切悲傷的過往時，就是母親最自在的時候。有時，他覺得這是自己對她惟一的奉獻。

然而，當母親愈來愈自在地對著他人訴苦，那就是另一回事了。他厭憎自己，和她一同成爲驗證人間猶有悲憫的試劑。特別是在節慶期間，在返回泥屋的眾姨丈們面前，母親像是愈來愈享受著自己的罪咎感。每個人都覺得自己有義務指正她，以嘲諷的語氣跟她說話，幫助她沉溺在不安裡。每個人都揚言要教導他謀生的技藝，他開始時常被遣來遣去，有時去學做舢舨，有時學做裁縫，有時又被遣回魚市場，在濕淋淋的地板睡上三天三夜，才發現大家又都已忘了他。他奔波於途，卻始終沒有眞正學會什麼。當他回去，母親總哀怨地看著他，並不指責他，也不聽他多說些什麼。過幾天，母親又會要他帶著包袱，去到某處更疏遠的親戚那邊報到。他知道，又有人出於過多的熱情，一時可憐起母親與他了。在路上，朝向那一個個充滿訓示的場所，或被它們給追趕，他眞正學會的，是輕視這些生活方式：他明白，沒有雄心支持的取予，就像長夏清晨的雨露，不值得什麼的。

有一天，母親病了。他忘了自己是在哪位親戚家裡，在學習哪份工作時得到消息的。他一路走回泥屋，很疑惑自己將以什麼樣的面目，面對容易心驚的母親。他發現母親躺在床板上熟睡，頭巾蒙臉，看起來不像生病，倒像一直以來，她平常的樣子。

那是深夜，舢舨出海的時候，整個村子都是空的。他離開泥屋，走在無人的街上，看月光將遠近滌清，似乎，人們的安定感，在於能安然地離開自己的居所，否則，一切盡是漂泊。他走到海王廟，去看那一壁不言不語的海王像，海鹽將祂們凍結在牆上，當祂們腐壞，人們就選一個晴好的日子焚燒祂們，以便空出空間，裝塡更多的心願。有多少次，他曾看著母親靜靜站在火光前，看著多少未遂的日子，這樣被付之一炬。也許，每個人其實都被日子給悶悶焚燒過了，於是，當他們企圖教會別人謀生，他們就只能用一些殘敗如灰的訓示話語，就像與那間泥屋相關的所有人一樣。那其實，並不是什麼人的過錯。

他想著，不知道怎樣才算公平，但如果我原諒你們，盼望你們也能忘懷我。閉上眼，傾聽空蕩的海村裡，獨自牢記海王神諭的可憐母親，他歎氣，對一壁昏睡的海王說，即便祢是神靈，或者，正因爲祢是無所不能的神靈，所以我看不起祢。他明白：前方的道路一直爲他敞開，也許，他注定該過一種離家遠行的生活；他會自己鍛鍊自己成一個夠堅毅的人，確定父親的作爲，不會再發生在他身上。他再次走回泥屋，母親房裡，看她背對他蜷曲著，像是終於睡熟了。他不聽不聞，也沒有特別驚動她。他知道她是醒著的，知道她正以最強大的意志力，命令自己和他一起不聽不聞。他拿下櫃子上，母親裝零錢的洋鐵皮罐，想著，這可好了，希望我是最後一個洗劫妳的人。他忍不住回頭，看母親一眼，再一眼；別過頭，冷起眉眼，像個成熟男子那樣，在心裡勸慰她：靜心養病吧，如果妳深信的神諭是眞，那麼，只要我離家遠遠的，妳恐怕就永遠不會死了。

□

朝向北邊，他叮噹晃著洋鐵皮罐，像與母親的哀憐同行也就別無需求，像以遠離圈禁母親以永生也就毫不虧欠，獨自沿海岸線走著。直到時間淹沒那個破敗的漁村；直到有一天，他發現自己已然忘了故鄉的確切位置，他都沒有再回去過。那年，他十一歲，或十三歲，也有可能是十五歲，所有人，包括他自己都不記得。冬天，季風盛大時，他來到北方大港。港邊的海灰白且無波瀾，大量氣沫在水體之上冒發又破滅，冒發又破滅，宣告迢遙旅途的終點。他終於累了，困惑了，止息懷中洋鐵皮罐的叮噹聲，坐在港邊，靜靜觀望。他把發燙的雙腳浸在灰沫裡，感覺出入港灣的船隻，輕輕摩挲他的皮膚。安靜，他拍拍洋鐵皮罐說，安靜下來，讓我想想。這樣不知又過了幾天，他不發一語，看腳上那雙已破破爛爛的草鞋被海水捲走，在港灣裡踏步一般漂蕩。他理解了。他光著腳，跳上一艘郵輪。

他跳進一個沒有時限的嘉年華裡，真正忘記姓名，忘卻年紀，揮散那惟一可依憑的記憶：在船上那終日不輟的賭局裡，他一下子輸光了母親的洋鐵皮罐。船長接收他，訓練他成為服務生。他滿意自己的新裝束：郵輪上沒有四季，他鎮日穿著燕尾服，在船艙上下勤快走動。不可能將自己驅趕得更逸離熟人了，他不信操舢舨的他們，敢於登上這艘郵輪。郵輪總在嚴冬，滑進那些大城的港灣，接起所有異鄉人，載著他們，航行到恆夏的公海。在那裡，舉目不見故土，所有人的時間都漫無所止地延長了，然而，每秒每刻在眞正的異地裡，像針輕輕搔刺所有人。時刻有了差別。每個人都警醒著，每個人都變成和以往的自己不一樣的人。他看見最沉默的人歌唱，最拘謹的人跳舞。他看見那位世上最闊綽的葬儀社老闆，帶領從眾，將一口史上最大最華麗的棺材拖上船，打開棺材，拿出一生的積蓄日夜豪賭；當棺材見底，他快樂地躺進去，要從眾將他抬起，幫他以快樂跳水的姿勢，與他心愛的棺材一同投入海底。

在每場夜宴結束的迷濛清晨，他看見光線透過舷窗，照亮大廳深紅色的地毯，與綠色的牌桌。一室的煙霧，與在密閉空間裡，最可能的寂靜。領班點過名後，他和許許多多西裝筆挺的同伴們，回到船艙最底層，他們擠睡的蜂房裡。三層式的火柴盒床，他睡在一位輪盤手，與一位發牌手中間。拉合床前帷幕，讓自己睡在人造黑暗裡，會感覺海浪以其平穩厚意，震動船艙底、床柱，輕輕扶起他的床板。有人聲，有機械磨動的聲音，有汙油蒸散的氣味。郵輪裡，其實沒有徹底安靜之時，他漸漸覺得，這對他而言，未嘗不是件好事。穿過他，上鋪的輪盤手與下鋪的發牌手隔空交談，抬著槓。大多數的時候，是吹噓著各自遇過的女人。他聽著，學習著，偶爾夾在中間，體貼地附和兩句粗野的注腳，逗得上下哈哈大笑，直到所有人都滿意地睡著。

他並不特別愛說話，但漸漸不反對用話語，與說不清的什麼謀和。他感覺，大約，每個自小嚐過孤絕滋味的人，內心深處都有一種敏銳，知道他人需索的是什麼。他參詳它，這使得在郵輪上，他始終能保持極好的人緣。他最大的焦慮愈來愈精簡，就只是找不到一處孤獨幽僻的角落，好好地拉坨屎，撒泡尿。他必須爬出火柴盒床，攀下床柱，既不震醒輪盤手，也不踩著發牌手。他訓練自己羅圈著腿，踏著沉厚的海浪，穿過所有人的床前，走到一處潮濕的舷窗邊，一手抓著扶手杆，一手解開褲頭，對著一個小孔洞，搖搖晃晃撒尿。身後總有人來來去去，那就像背對千軍萬馬，在一無遮攔的戰壕前解手一樣。往往，在那之後，他會想透口氣，想獨自爬上甲板；他感到他自小熟悉至極的寂寞，原來尚未被自己馴服，只是，已經變換了一種形式。

這樣不知過了多少年，在最最嚴寒的氣候裡，當郵輪回泊北方大港，他仍會不無憂傷地站在甲板上，目送同伴們穿上最最黑暗的燕尾服，走進大港的人群裡。那眞像見識出殯的行伍，當他看見同伴們莊重地步下郵輪時，他總這樣想。他看著他們穿過港務局前，一片熱鬧的市集，在那些店面的狹長後倉裡，交付夾帶入港的貨物。他看著他們繞港務局，去到後方的鐵路巷，山村男人們所稱的「港邊」，水手們的紅燈區。他知道，比起水手與農人，他們是較不受歡迎的一群，因爲他們總在自己圍成的熱絡裡，保持難以被取悅的冷然：關於服侍，他們才是眞正的專家。有時，專程爲了享受這種像是死後復活的冷距，他也齊整衣裝，在小腿上綁著一綑綑鈔票，和他們一起登岸，像踏進第二次生命的顚倒鏡像裡。沒有一個場所是乾淨的，沒有什麼是未被觸碰的，這一切在親身經歷之前他就都已明瞭了：一個酒杯；一種擬眞的笑；一具女人的肉體。在鐵路巷裡的飲宴，在一次次彷彿華麗裝裱過的輕省裡，他，最無可救藥的浮屍與寡婦的後裔，低眉豎耳，禮貌地僞裝自己，行在他們之中。

在那裡，他初遇栽種班。他們一共有十來人，服飾不明，不是水手，不是農人，不是侍者，但看來，像是三者全部，像掌禦生活的官員。他格外留心傾聽，想摸清他們的來歷，探定他們和其他群落的距離。在飲宴中，作爲挑引異趣的談資，他們拉來一挺半人高、帶輪的黑色衣箱，打開，從裡面拿出一包包種子，或覆土的苗種，抛在桌上。女人們都被格格逗笑了。「眞是寶貝啊。」她們說。小心，莫笑，他們說：這可是一顆顆炸彈；有了它，季節在他們手裡，願景在他們手裡，連生死都在他們手裡。他們在黑暗中封固它，照料它，隨時可以拉動它挺進任何一處荒地，讓它落土，引爆它。有了它，他們就有了魔法。他們可以催熟萬物，或律令它們早夭。他們可以讓土地濃得出蜜出汁，就從這個黑衣箱裡，他們可以滾出村，滾出莊，滾出鎭；讓好閨女有丈夫，讓剛出生的小囝囡有姓有名。所以，他們對女人說：願不願意我們也拉上妳們一起走啊。

調笑間，隔著桌子，傾聽一切的他，忍不住回頭，深望一眼那些種苗。第二天清早，他獨自坐在大廳門口等栽種班啓程，苦笑，想著：這可好了，我是惟一認眞地想跟他們私奔的人，一挺魔術衣箱就騙我上手了。

栽種班頭領問他，跟上來想求什麼。他說，你知道的，女人，土地，財富。頭領再問，三者俱全了還想求什麼。廁所。他認眞答：用財富在土地上蓋間有私人廁所的房子，把我的女人關在裡頭。頭領笑了，這讓談話順暢多了。同伴問他，能不能脫下燕尾服，換穿比較平常的衣物。他說我沒有那種東西，我連行李都沒有。既然空著手，既然穿著禮服，頭領命他去掌旗。穿好褲子，再會無情人，部隊出發了。邁開腳步，出鐵路巷，入魚街，跟著道路盤旋升高，走上一條弧頂雕花的人行道。人行道切齊山腰，向遠處延伸，周折反轉，跨過鐵軌，跨過無數條馬路，穿過各種知識時代遺留下來的層層建築；在光線乍亮時，完全橫渡那一切，把北方大港置在身後，重新下行到一處荒涼的海濱，面朝無盡的緣海之路。從那裡遠望，山在一邊，路在海的另一側，中間漫無人煙。對他而言，知識再次被取消了，經驗再度被廢黜了，連他自己都覺得自己眞變得憨傻可愛了，得這樣重新學習邁動雙腳，彷彿從來就不善於行走。

慢慢邁步，揮動旗幟，沿海招魂，招喚春天早回。想像神靈如此寬厚，寬厚到縱容自己佯裝自己可能擎起一個夢，這樣無傷無愧地沿海招搖。多希望能這樣一直走下去，能這樣緩慢地溫習童年時代，但這回有人同行。想像他們只是在氾濫的春光裡，循著土地的芬芳一路聞尋落腳地，從此便願意認眞去過活。他想起前一夜，他獨回郵輪，再次登上甲板，遠望港灣。那時，飲宴在肚腹間冷卻，他回憶出殯的行伍，想著自己也曾行禮如儀，行在他們之中。但後來呢？他敲敲被酒精敗壞的腦袋，想不起來了。記憶中，好像有人死了，舉行了喪禮，而他似乎就是直接從喪禮逃上船的。那是他對陸上世界最近與最遠的記憶；他疑心，那名死者其實就是自己。許多人影，許多人都來了，有人帶著防風燈，帶著花來。他閉眼不看，只穿過他們的膚觸，去傾聽無數花朵凋零前的樣子。在那間守靈的密室，所有無根之花，都以它們最盛美的樣子，綻放在它們殘缺的枝幹上，在活人之中，死者之側，它們說不清是生是死，安靜地任由密室裡的空調抽乾水分，安靜地接續敗壞。但那不是生活，種苗或者是人，一切從喪禮中出逃的生活，都將不再是眞正的生活。

港灣兩岸，高掛的機械手臂吊著貨輪，整個港濱，沉進鐵鏽般的橘紅色燈光裡。不復記憶的多少年，北方大港改變了模樣，沿海的街道開滿仿南洋風的咖啡館和喫茶店，熱情的裝飾受季風夾帶的冷雨澆灌，雜混出一種不分季節的風格。整片街區窄仄的舊巷弄，都被強力疏導成單向道。車輛與人潮練習著遵循方向，在裡面盤旋不出，但這一切，都終於與他無關。有時，隔著海，透過櫥窗，他看著人們面對面坐在咖啡館裡，聽不見交談，像只是在靜待一杯咖啡冷去的時光。他驚訝自己會好奇，想知道那是什麼感覺。在岸與陸上的一線之隔，那條他在初蹈北方大港時，能輕易坐著泡腳的灰白一線，如今迢遙地分別了他們和他們。

當他目送他的同伴走入他們之中，他想著，那些方向的指引多麼無謂，他們絕不會逾矩：彷彿天地動搖，季節錯亂，他們於是被要求，必得圈管住彼此。確實，多年以來，他不曾見證一個正常人如何日漸蒼老。倘若自己果眞活過，那麼，是否有人能夠想像，他如何成爲站在甲板上的亡靈。不，線一側的他們不能，線另一側的他們不能，連他自己都不能。一線之隔，再次憶起父親摺衣的動作。先這樣摺，再這麼以粗糙的掌緣碾平。他最好最莊重的衣物，敬謹地擺在大石頭上。等待有人前來赴宴，前來招領，彷彿他自己就這麼不配穿著它們跨線前行。無盡的海襯托他的身影，再寬廣的，都只令人想起他的細瑣。安靜下來，別再想了，他抹抹臉，對自己說：你眞使我厭煩。一線之隔，朝著相反的方向，他想著，這回我眞的得要跨過去了。像看見他還在線上浮沉，在月光下靜靜吐著水，光滑無依如一彎鯨背，他想著，這一定不像看起來那麼難，因爲好多人都跨過去了。從現在起，你再不能驅趕我，煩擾我，跨過你之後，我再不會偷偷想念你；我得要重新行到他們之中，就穿著我最愼重，最日常，最繁複，最簡潔的惟一套僞裝，我的喪服。我盡力了，我只能淬煉自己勉強仍爲人，到這種地步。在登岸的梯口，學他那樣敲敲鞋底的沙，他笑說：父親，我要去填海造陸，將你推遠了。

走走又停停，像陸上行舟，在初春，一個傍晚，他們抵達山村的入口。舉目四望，他看見成群蝙蝠在餘暉中飛翔，滿山巨木，在風中呢喃低語。面前是一家雜貨店，山村的灘頭堡，標誌菸酒出售的燒鐵牌，十分挑釁地在店門口匡噹浪蕩。怠忽職守的店老闆，在高高的櫃檯上睡矇了。頭領攻其不備，接過旗幟，用旗杆底沿雜貨店前庭，在土地上劃一矩形，在一角插上旗幟。頭領再從衣袋裡捲出一張紅紅黑黑、爬滿文字與印泥的公文，悍然貼在店頭牆上。像對著滿山野鼠布達，頭領扠腰挺立，宣告：公家辦事，現此時本栽種班奉命徵收這塊地。官不擾民，只對囤貨居奇的店老闆徵收米糧，埋鍋造飯。背過眾人，像在旅途中每一次紮營歇息前那樣，他在荒地上親手栽下一棵茄苳樹苗。

「我回來了。」他拍拍土，站起來，對沿海一線，在襁褓中行道縹緲的樹苗們說；想像它們何時，在月光下，葉脈會現出點點深紅一如溫柔的星光。低頭走回營寨，同伴們見他，又都笑了。「詩人，你又哭啦。」他們說。不，我從來不哭的，他想，已經沒有什麼能藉由淚水，眞心去滌淨的了。在行伍中躺倒，在異地伸展疲累的雙腳，看一窩角蜂，在店老闆的屋簷下惶惶飛舞。遠近的不安如氣流折曲，他想著，我並不難過，眼角濕潤，只是因爲我自己，被自己的一點點勢必要以大量油汙與廢話所塗飾的眞摯之夢，給不小心螫傷了。

從那天起，第一隻角蜂跟定他，像跟定一灣以機械手臂吊起的海岸，嘗試在他的左腿產蛹。倘若有人留心，他們會發覺他的步伐裡開始有一種腐敗的氣息，每走一步，那氣味旋即跟上前去，護擁著他勉強成形；一如他日漸讓自己放心流露的老成勢態，某種人群之中的分量。他像躺在一艘燈火通明的鬼船上，在琉璃世界裡，沿途卸下時間、秩序與關於距離的記憶。只是，對他而言，脫離視角，世界即成永晝。當他首次坐在幽暗的船艙底，橫渡世上最平坦的洋面時，不知爲何，他想起嬰兒時代的澡盆，想起浴間深狹的水氣，以及高處的天窗，但他自己彷彿不在裡頭。他成功做到了，將自己從自己記憶的場景裡抹消。只是，前望與回首，世界，或者那些即將到來的形影、聲音以及氣息，都呼喚這些即將流失的場景，都堆結成一道油汙滿布的鐵梯，由艙頂伸下，降到他眼前；彷彿世界眞的一無可知，而一個人惟一不能克服的，只有不時傾心而出的寂寞。他想起自己曾經這樣逆著鐵梯，獨自筆直上攀；當他探出甲板，有什麼炸突了他的視角。他睇眼，發現正午的太陽幻化爲二，一個在天下開展，另一個消溶在海上。沒有什麼不在發亮，不在靜靜地搖傾，他發現自己置身在無限的光照中，在想像不及的海域最深處。也許，他就是這樣徹底敗亡；只是這樣放任自己一再耽溺在恆夏裡，不捨得離開。

前望或回首，強光曝現讓兩者失去分野。異地漫遊，他想著：我必定來過，若不是在過去，也會是在將來。他看見童年的自己，挺起雙腳揚長路過；這個瘦小的身影立在山腳下，與坐在山村的心臟旁的，多年後的自己對望。對他而言，人間的啓示在其間，神的預感也在其間。然後他成了我祖父：近半世紀後，當南風起兮，島北海茄苳黃花飄盡，就在他躺倒的地方，我獨望落雨如淚，徒然猜想著他將會是什麼模樣的一個人。

近半世紀後，當我朝父親的故鄉前行，我猜想，那可能類似死後的世界：大抵在生命中的某一天，每個人都會突然被告知要前往的。雨後的山路上，除了我的同伴，一個人也沒有。某一刻，沿路所有路燈突然一起亮了，與越過山脊、透過山谷的天光合在一起。我停下腳步，靜靜指認所有正在發亮的事物，爲它們定名。站在橋上，我望見瀑布當面沖下，大雨之後充盈的水流激蝕山壁，湧入橋下，形成水塘，又緩緩沖下山谷，匯入溪流裡。突然，同伴的呼喊聲起，從瀑布頂端，一件我無法辨識的東西，像一片鮮活的天光，被水流捲下，墜落，落進水塘裡，打旋，閃閃爍爍漂到橋邊，我的跟前。我走近，打撈起那片天光，仔細研究它的腳踝、膝節與枝幹。路燈所化合的人工光影裡，我想起駕車逃逸的父親，不知他現在到家了，或者仍在路上奔波。我想起在頂樓小屋裡，父親或許從未見過深夜的廚房。廚房裡，挨擠著一字排開，有水槽、料理平台，還有一個原先用來杵放瓦斯桶的坑洞。時常，我靜靜站著五小時，盯著那黑黑的坑洞瞧，看小小的斑蚊，瘦瘦的蜘蛛，還有一些我怎麼也叫不出名字的昆蟲弟兄，在裡面競逐著牠們不被理解的宇宙。

總在天未亮，他尚未回來之時，我會出門，穿過舊街區，走進一所大學裡，坐在一口人工湖邊，呆看黑夜。湖水總也平靜無語。在某個特定的時刻，大學裡某個不知設在何處的定時器，會「啪」地一聲將環繞湖邊的路燈全數切熄，我抬起頭，仰望遠處枝椏，會看見每次程度不一的熹微透露過來；夏令時暈紅一點，冬令時則蒼白一些。然而，無論熹微程度如何，當我收回視線，平視湖面，我總會看見林子裡、小徑上、臨湖的騎樓底下，任一處有光無光的所在，到處都擠滿了老去程度不一的人們。老人家們做著種種奇特的舉動：有人拚命用背撞一棵樹；有人坐在欄杆上猛擊自己的膝蓋；有人半蹲著像要蛻皮的蛇一樣雙掌狂磨自己的臉。有人扳胳膊，有人縮肚皮，有人腿架在鐵椅上，有人赤腳來來回回在一道鋪滿碎石的小路上奔跑。我低頭離開，暗自發誓一定要記住這沒有人會喊痛的場景，記住那些在一天初始就如此挨進尾聲的人影。但我每次都失敗。一走回我們的頂樓，我就倒地不起，什麼都不想記得了。

我讓自己很安靜，盼望只要那樣，世界就如此完好。那樣的我尚未學到，有一種東西人們稱作「義肢」。我從不預期，大約短短一小時後，我祖父會拄著拐杖，一路追著他的忘川直下，像名食妻者，來到我面前。我練起微笑，舉著天光，有禮地問他：「請問，這是你的嗎？」那是當天我開口說的第一句話，是一句廢話。對面不相識，當時的我仍不知道，仰看天光之時，我已經先這樣，率先和最後的祖父相遇。

像兩名陌生人，像盲人安撫著盲人，我感覺祖父的手終於停在我的臉頰上，像食妻者的擁吻那般炙熱。事後回想，可能一分鐘，可能一小時，我不得不咧長嘴直到耳際，不得不打心底發出一點聲音。那不是笑聲，也不是吼叫，就只是一點聲音而已。我感覺什麼東西刮擦過我耳際。那是一隻全速飛行的角蜂，女王迷途的子嗣。牠飛過我面前，停頓，以複眼回望我，繼續朝我祖父祖母飛去。我掩住嘴，想阻止自己這樣發出聲響，但我想著：來不及了。我看見角蜂底下，祖父拔腿越過庭埕，奔上前來，抱住我。貼著他的心，我看穿他，掩著嘴對他耳語，說牠追上來了，那是最後一個，牠們將在你的屋簷下團聚：星光低亮，你的老三合院落荒蕪得如此繁華。祖父詫異地看著我，將我推離，開始輕輕拍打我的臉。後來，他的手勁不斷加重；但我不能克制自己，甚至察覺不出一點疼痛。我看見小王從腳踏車上翻起，踏過祖父的肩膀，追著角蜂，向屋裡逃去，想逃回圖書室。我高舉手，在空中抓住阿南的腳踝，阻止她隨之驚惶地翻逃。鎮靜下來，我告訴她：我全都想起來了。陽光退讓，事物沙沙流走，在我記憶中最後一個如期到來的夏季裡，阿南被我拉扯成風箏，在空中飛翔，直到我祖母跟前。

我想說話了。我想告訴阿南，我們最後所共讀的一本童書，是部冒險故事集。善於說謊的人類克蒂斯，前去探視他忠實而優雅的朋友魯恩，一隻黑天鵝；在魯恩的病榻前，克蒂斯為朋友追憶年輕時一同周遊世界，濟弱鋤強的英雄生涯。克蒂斯瘦小孱弱，貌不驚人；他沒有如魯恩那樣能千里翱翔的豐美羽翼，也沒有堅利如刃的短喙，並且，生來目盲。他惟一能稱得上是武器的，是他的言詞。每當優雅的魯恩，在那些並不高貴的鬥毆中敗退，克蒂斯就扶杖立起，張開白濁的眼睛，開始說話。他的話語具有魅惑的魔力，能倒因移果，造山填海。即使敵人是全世界最博學強記的人，克蒂斯也能和他搭肩對談，共憶從前的世界；他會從容地將各種不合時宜的遺忘，一一數落給敵人聽，直到敵人記起，自己原是全世界最健忘的人；甚至忘了，自己就是自己一意尋找的仇敵。

克蒂斯能描述各種自己從未見過的事物：世界是詞藻的海洋，是沼澤，是沙漠，瞬息萬變地環繞他所站立的方寸之地。魯恩總看著朋友，七手八腳為眼前所見的事實塗上一層又一層厚重的油彩，直到一切黝黑而可疑，不再是原來的樣子。那時，魯恩會疲累地站起，整整一身高貴的羽毛，哀矜地看著迷途了、受惑了的敵人。「朋友，」每一場戰役後，魯恩總對克蒂斯說：「您知道的，我但求公平一戰。」「我的朋友，」克蒂斯總是聳聳肩，一手敲著拐杖，一手扶起魯恩，對魯恩說：「只有讓他們在我的言語前，成爲需要嚮導的盲人時，我們才平等。對此，我深感抱歉。」我深感抱歉；幾乎每則歷險，都結束在這句話上頭。事後想起，這亦是整個童年時代，白紙黑字浮現在我腦中的最後一句話。

我深感抱歉。

我記起自己走出文化大樓，去吃早餐，也爲父親買早餐。買完早餐，我走回家。走著走著，我吃光了父親的早餐。我覺得好飽，決定不回家了。中午過後，我穿過工地旁的防火巷，走進垃圾場裡。我看見阿南背對我，一個人靜靜坐在垃圾堆上的一張桌子上，兩隻腳輕輕擺盪著，姿態悠閒，像是什麼事也沒發生過。我感到驚訝，舉目四望，看有沒有人正躲藏著觀察她。熱氣越過我，從我身後，正午的陽光旋即擄獲了她，把她封存在那裡，在我的視線底，她像是就要被長久廢棄了一樣。

我全都想起來了。我總是讓自己很安靜，節制著自己，不再做一些可能太奇怪的事：某些當著他人的面，不可自抑的自言自語；某次模仿父親，在午夜站在鄰人的大門前，想用一截鐵絲扭開鄰人的鎖；某種我以爲不是的暴力。如此就不會有人發覺，是我驅趕自己的父親不斷遷徙。髮梢枯黃，我牽著一頭象在陽台上風乾成花朵，彷彿透過我的眼眸，世界成槁成灰。我望見高架橋下，靜靜躺著一座遊樂園，摩天輪停了、水池淤積了，到處空無一人，褪色的招牌在售票口前晃著。我看見城南一間歷史悠久的小學，圍牆內、花圃下，土壤總像剛埋完屍體那樣潮濕。一世紀以來，一代又一代的孩子帶著小圓鍬，去那裡挖掘蚯蚓，帶回教室上自然課；上完課，他們把親手截成好幾段、每段都復活過來的蚯蚓，連同黝黑的土壤，又扔回花圃下。那些蚯蚓就隨著一堂堂的自然課而繁衍，百年來生生不息。花圃旁，學校的操場上，永遠有學生頂著竹掃把在罰跪。兩層樓的校舍下，筆直的簷廊是操場永遠的影子。每隔幾步，一個水泥模鑄的洗手檯崗哨一般立在簷廊邊，洗手檯下的水溝，永遠積滿了不知在何時、從哪裡沖刷而來的淤泥。簷廊有多長，水溝就有多長，一代又一代，孩子們在打掃時間用長柄勺去清除那些淤泥，亦不能在某天，徹底將它們清除乾淨。

從壓制一切的熱浪裡，我看見阿南從第三戶人家游出，走過卡拉ＯＫ之家與巷口的豬肉攤，穿過操場，向她的教室走去。她的頭髮像毛線那樣糾結，制服像剛由粗心的裁縫縫上身那樣歪斜；這一切讓她像個瘦小的布偶，連五官，表情都融入她的乾癟中。她每天都背著一個沉重無比的書包到校，每堂上課，老師要同學拿出什麼課本時，她就霍地從座位站起，搬起放在走道上的書包，放在桌上，打開書包，頭埋進去，把課本一本本掏出，往桌上堆。永遠是在書包快被挖空時，她才能找到她想要的，然後，她又側身，將桌上的書一本本鄭重放回書包裡，再將書包搬起，放回走道，然後坐下。她是試紙，很容易讓同學們測知老師當下的心情。

每次下課，或溫藹或嚴厲的老師走後，阿南總是走到教室外，站在洗手檯前，扭開水龍頭，一次次用手盛水，鄭重地洗臉，洗手，像灰撲撲的鴨子一樣埋首，朝自己身上潑濺水花。過程十分細膩而漫長，像某種儀式。奇特的是，當她濕淋淋地走回教室，當一堂課終於又結束後，她滿身滿臉的水珠總會兀自消失，又恢復了原先那乾枯的模樣。於是她又去洗臉，洗手，彷彿不如此，就無法存活過一個尋常的上課日。

簷廊底端，是高年級的教室；再過去，是學校的蒸飯間。那是一間鐵皮屋，每天的第二堂下課起，那裡就像著火一樣竄出大量蒸氣，溫潤而迷濛，學校的那位老工友總喜歡穿著汗衫與四角褲，鎮日躲在裡頭，把自己蒸得像包子。那些高年級生，某些大男孩，在我們看來，已經像是另一個世界的人了：嘴唇上長著稀疏的短鬚、臉頰與額頭冒著青春痘，深藍色的短褲穿在他們身上，顯得有些滑稽。每堂下課，他們都追逐著、廝打著，摟抱班上的女同學，玩電視上的親嘴遊戲；鬧得太過分時，蒸飯間裡的老工友就會拿著籐條，走進教室裡制止。霧氣之中，幾個穿短褲的人，對彼此叫罵。對教室在簷廊中段，像阿南那樣的中年級生而言，輪值當值日生時，搬著全班的便當籃走過高年級的教室前，是件苦差事；但對我們這些低年級生而言，簷廊底端只是某種禁區，不需要人教導，我們就會自動迴避。

只有一次，我看見有人闖進那片禁區，完成了某件事。那個人就是掛了一臉水珠的阿南。那是在接近第二個暑假時，某天下課的時候，阿南照常站在洗手檯前洗手。極遠的另一端，那群男孩中的兩個又站了出來，一前一後，站在教室的兩個入口把風，整間教室沒有人走出來。什麼東西觸動了阿南，我看見她停下動作，呆呆站著一片刻；突然，她轉身，一雙濕淋淋的手舉在身前，挺直脊梁，在簷廊上，快步向那間教室滑去。放眼望去，阿南已奔至簷廊的另一端，低身，從某個把風的男孩的腋下鑽進教室裡；再一片刻，她倒退著，拎著某個身形大約有她兩倍大的男孩的衣領，走了出來，拖著他，像拖著某隻正在爬行的獸。在所有眼睜睜看著的人都會意過來前，阿南已經拖著男孩，來到最鄰近高年級教室的那個洗手檯下，手一高舉再低下，把男孩的頭按進水溝裡。

有一片刻，周遭好安靜，空氣像是被抽乾了一樣。我像所有人一樣，呆呆看著阿南在簷廊上，慢慢走回。經過我身旁時，阿南發現了我，疲累地對我笑了一下，然後低下頭，垂著手，繼續向前走。她重新扭開我爲她關掉的水龍頭，繼續細膩地洗著手：指甲縫；手心；手背；手腕；手肘。水在咕嚕咕嚕流淌。水溝另一端，男孩花了很長的時間，似乎終於發現自己的腦袋卡在水溝裡，動彈不得。他開始放聲大哭，終於非常地像個小孩。阿南關掉水龍頭，抬起頭，揚長地歎了口氣，走進自己的教室裡。在老工友與學校老師們出現之前，她已經收拾好她那沉重的書包，背著，一個人穿過操場，走出了校門。

天黑之前，男孩的腦袋終於脫離了水溝。老師家長們找到了阿南，施予他們認爲適當的懲罰：打罵，登門道歉，跪在操場一角的懺悔與示眾，凡此種種。幾星期後，男孩們全都順利畢業，過了暑假，他們就全都是國中生了。那個暑假，白天時阿南大多躲在自己家裡不出門，因爲男孩們說了，要在外面，在無人之時獵捕她。

在午後的夢遊街區，阿南的父親又醉了，袒腹睡在攤面上。像隻負重的小螞蟻，像磨砥過的小戀人，每當父親喝醉，她會輕手輕腳走到他身邊，爲他收集滿地的鋁罐。她會將鋁罐一一洗淨，耐心踩扁，然後背到學校做資源回收。類似的行爲，連同考試成績，總讓她的聯絡簿貼滿表示嘉獎的星星。她會模仿自己父親的簽名，每天校勘聯絡簿上關於自己的注意事項，擬造父親的口吻，回覆一些親愛的語句。這些聯絡簿，連同某些私人物品，她都十分完好地保存在家裡的某個角落，但每隔一段時間，當她放學回家，她會發現她的父親又發過酒瘋，不厭迢遠地把她保存的東西，全都搬到垃圾場扔掉。然後，她就必須站回垃圾場上，細細挖掘，把那些東西再一一撿回來。這是她現在會坐在那裡的原因：今天，她父親連她所使用的那張舊書桌都搬出來扔了。

我想像她的父親如何突然又厭棄起她與自己，如何頂著那張書桌，穿過早市的人潮，冒著汗，費盡力氣，來到這片垃圾場。我想起這泰半的暑假，當我游完泳，回到家，坐在陽台上時，在她自己的家裡，她會拉開窗戶，仰著頭，和我用手勢，或者用沉默交談。我會跟她報導街上的近況：那些男孩，或者不遠的將來。其實我知道，她漸漸地並不在意了，彷彿她十分篤定，當過完這個暑假，當那些男孩都到了別的地方，有了別的思緒與掛慮，漸漸地，他們就都會忘記她。某些夜晚，當我的父親出門，她就跨過躺在門口的她父親，混跡在街區那些散步乘涼的人群中，上樓來找我。她會教我寫作業。在鐵皮屋頂上，貓獵殺老鼠的咚咚腳步聲，與密室水塔低沉的合鳴聲中，她鄭重地教我某些功課：彷彿那些功課，都已經被她細膩洗淨過了那樣的鄭重。

我走上那片垃圾場，走向她，一邊仍爲她注意四周，看有沒有人正在注意她。我思索兩年來的游泳練習，是否可能已讓自己變得夠強壯了。「嘿。」我出聲招呼。「嘿。」她回頭，看見我。「妳出獄啦？」「請不要搞笑。」我仍注意著四周，說：「我幫妳搬桌子回去好嗎？」「嗯。」她轉頭，看看不定的遠方，一縷縷的光線從四面人家屋頂的波浪板上篩落下來。她說：「等一下。」

站在她身旁，我嘗試看見她正看著的。從某棟樓房的最上一層陽台，一個破塑膠袋飄落下來，騰空，翻飛，落進垃圾場裡，繼續跳躍，翻飛；它所拖曳的綿長光影，就像它本身一樣難以腐朽。她看著它，以及它的動線之外一切事物，彷彿那是她可能記住不忘的，最後一個光天化日。我抬頭，沿著那些樓房的邊線梭巡，突然間，我好像看見了這一切的潦草。不知道爲什麼，我感到憤怒。

我想起來了，她曾經在這裡，是她與我一同收復整座城市的。在那些夜裡，當我們如常坐在陽台上，我們確信那些男孩們全都回家了：他們全都有父有母；他們的父母會禁止他們深夜在外遊蕩，以確保他們能平安地長大成人。我們會一同下樓，在涼爽的河堤上放風。我想起河堤外鬧鐘的喪禮，並不是我獨自舉辦的。她用小圓鍬拍拍土，「現在好了。」她說，她已幫我處決了我最大的困擾，她說從現在開始，我可以好好地睡覺了。她抬起頭，又再揚長地歎了一口氣。我笑了笑。我知道過不了幾天，我父親就會再去買一個鬧鐘回家，而且他一定會買一個跟原來那個一模一樣的。我想起那天我們再一同走回我們的舊街區，手牽著手。走過豬肉攤的冷凍櫃，走進巷子時，她問我，在我上樓回家之後，能不能立刻去睡覺，不要再坐在陽台上發呆；不要像往常那樣，看見我父親走進巷子裡了，才爬到床上裝睡。我問她爲什麼。她把手按在我的頭上，說小孩子要早點睡，不然會長不高。

她把手按在我的頭上，對我笑著。我上樓，走進房裡，如她交代的那樣，立刻讓自己睡著了。我睡得極沉極沉，彷彿被施咒，有生以來第一次睡得那樣沉，沒有作夢，沒有聽見父親進門的聲音。好像走過了極長極長的距離，我才來到她的面前，看她把手按在我頭上，對我笑著；好像我並不知道自己有朝一日終將明白：「將來」是何等玄虛的字眼；倘若眞心想要摧毀什麼，只要一點點時間，和極短極短的距離。

我總是親口跟他們說再見；曾經，我是離別的專家。那時，任何一段道路對我而言，都十分悠遠而漫長，在午前的泳池畔，我跟老人家們揮手，牽著一頭象回家。我領養牠，慢慢吃光牠。直到她把手按在我頭上的第二天，當我醒來，當騷亂過去後，當我一個人靜靜坐在陽台上，張望著即將到來的又一個黑夜，我彷彿才聽見牠空空的骨架，在我心底某個角落發出巨大的風鳴。我彷彿才聽見我們一同埋葬的那個鬧鐘，在那個角落發出巨大的鳴響。從上游到下游，整條奄奄一息的河流驚懼，困惑於這個倒夜爲日的時差，猛地醒了過來。我找出一把小圓鍬，像拿著匕首，在那間頂樓加蓋的屋裡，漫無目的地走著。能用圓鍬鑿碎的，無論是杯碗、電視螢幕或玻璃窗，我就用圓鍬打碎它。我撬開每一個抽屜，獵捕每一張紙，將它們片片撕碎。我想著：它們太聒噪了，它們太聒噪了，它們太聒噪了。從巷子口走進來，第一戶人家是屠夫的豬肉攤，第三戶是她的家。其實，我眞正在心裡反覆計算的，是那幾步路的距離。無法作假的這幾步路。她又再揚長地歎了口氣，如此過早地疲累。我眞正在心裡反覆思索的，是昨夜，倘若我不依循她的交代，倘若我就坐在陽台上，我會不會看見她再次悄悄出門，會不會看清楚她如何走到巷子口，打開冷凍櫃，輕輕巧巧走了進去，關上櫃門，把自己冰在裡頭。

那日之後，我時常想像自己已經用手中一把小圓鍬，鑿翻全島的電廠，讓阿南藏身的冷凍櫃失去動力，像報廢的太空艙，以鋼皮鐵骨包覆她，在常溫中輕緩漂移。但阿南並不知道這件事，在失去動力的黑暗裡，她仍持續用意志力殺死自己，僅憑從她心底，不斷汩汩泌出的冷意。我想像著，在那樣的黑暗裡，有什麼東西成群嗅聞著她。她摸索著，弄明白了，喔，是那些豬頭的鼻子：牠們已經死了，但牠們最後一點遺留的嗅覺，與頭顱一起被封存在冷凍櫃裡。現在，她的體溫，那個潦草世界印記在她身上的氣味令牠們困惑了，牠們不能分辨，是她再一次凍傷了牠們的世界，還是世界讓她失溫，將她推給牠們。死去的牠們，分不清自己聞到的是記憶，是夢，或者是眞實存在的。但很快地，牠們就都不在乎了，而她也像牠們那樣不在乎了。她閉上眼睛。當有人再次打開櫃門，她將像剛出生的嬰兒那樣蒼白，那樣像是，終於將自己徹底在這個世界裡洗淨了一般。

我放下小圓鍬。我去仔仔細細洗了手。我坐在一片廢墟中，正對著大門口。那時什麼都眞的安靜了，就像在雨中的他的計程車裡一樣。我等著父親旋開門鎖，從外面走進來。我等著看他，會不會還有什麼話，想對我說。

「好像發生什麼事了。」中午起床後，他站在陽台上說。

「發生什麼事了？」凌晨將睡前他站在廢墟裡，看著我說。

我想我笑了。

叮噹晃著洋鐵皮罐向北遠走之時，這位浮屍的後裔，這個孩子從不預期，有一天，他將如此心慌地抱著另一個孩子，就在離家咫尺的地方。我猜想，時間被我周折扭曲了，僅憑灰敗的意志。我猜想，那日之後，在靜默中，我變成一個更奇怪、更令父親不知所措的人，因此他發覺，他無法與我再共度一個暑假了。一定是這樣的，載著我，開車向北尋找棄置點時，他一定是這麼想的。

我想起第二個暑假過後，我成了中年級生。我收復阿南的教室，坐在阿南身旁。上課時，我把她和小王藏在書桌下一起聽講，看小王在話語的餵養下如期生長，長成一個過於認真的大男孩：慢慢地知道最複雜的道理，卻總是爲最簡單的事實臉紅；看阿南像個大姊姊那樣鄭重抱怨，說老師講的我早就都會了，唉還要好久啊，我們什麼時候才能上大學。

下課時，我帶他們去百年操場上放風，看白蟻護擁雨的氣味，從溝渠與濕土中飛出；看百年來每一個春天，都這樣地即臨如新。科展日，我們一起上學，看阿南把家裡的洗臉盆和毛巾都帶出門了。到校以後，她去洗手檯洗手，順便把臉盆裝滿水；在教室裡，她把毛巾一半浸在水裡，把濕淋淋的自己晾在毛巾邊，歎口氣，耐心準備靜坐整半天。老師們經過了，看看她的道具，看看她身後那張寫滿實驗的「動機」、「步驟」、「結果」等名目的大字報，看看她，對她說：「妳在實驗毛細現象啊。」她點點頭，在心裡說：「我在搞笑。」老師們在文件上打分數，走了。她又歎口氣。校外教學日，我們一起去高架橋下的遊樂園坐雲霄飛車，坐到一半，遊樂園大停電，雲霄飛車掛在軌道上下不來。那時的世界像冰原，我們相視而笑。我們和幾十位同學，一個挨一個下車，倒退著，從數十公尺高的軌道爬下地面。在地面上，導護老師迎接我們，伸出一根手指放在嘴唇上，警告我們，回家不可提起這個意外。「喔沒問題。」我們說。對我們而言，該知道人的都知道了。

我們驕傲且寬容，努力想成爲各類刑罰之途中，最自在的人。夏末，看著這名食妻者炙熱地拍打我的臉，我猶討喜地笑著。像藏在鐵面具後，我看穿他的恐懼，我想，我確實是災難，對愈熟識我的人尤其愈是。我想起自己奮力踩著踏板，載著我的同伴靠向我祖父母，直到我看清他們在做什麼。坐在庭埕邊，他們在吃冰：兩個人手上，各握著一枝形狀歪七扭八的雪糕。當然歪七扭八了，一部分的我這樣想：因爲夏初，做水那天，雪糕在長長的山路上融化過了，又被他們丟進冰箱裡，冰了一整個夏天。當然的了，我提醒自己，沒有什麼地方不對勁，他們只是坐在家門口吃冰而已，雖然夏天已經快結束了。不，另一部分的我清算著：問題就在夏天已經快結束了，被丟在那裡一個夏天，被冰在那裡一個夏天，你明白不明白。我停下車，轉頭，探看我所經過的道路、柵欄，遠方一整片無人的村落；道路兩旁的山，一邊仍下著暴雨，另一邊的陽光還在不斷隱退。當我再轉頭，看見他就像所有受太陽過分曬烤的人那樣焦黑，而她就像被他馴養的河裡，所有久未見光的魚那般蒼白；他們正各自伸長舌頭，舔舐來自遠方某村的，一塊歪扭的冰。下一瞬間，我清清楚楚看見自己已經失控了。

我深感抱歉。我看見自己在起旋的道路上震起小王，讓他抵逆著地心引力奔逃，拉扯阿南成一頂風箏。話語，反覆，話語，反覆，焚風逆降，層疊的往事在我腦中聚集，我明白我已被自己耗盡了，像父親故事中的空殼送子鳥，我任令亡靈越過祖父，環抱著擁抱我的他。

背向海，越過島的主街，我看見祖母慢慢走來。我勸慰自己平靜下來，模仿她的寬容，或他逐日空曠的不在場；勸慰自己，說他們是其他人亦無不可。我像與我相遇時的母親那樣樂觀而安靜，一如小島的圖書館。我記得在圖書館裡，我找到一本很舊的書。書裡的科學家說，在久遠的未來，當宇宙滑過折返點，開始濃縮時，人們將不再只記得過去，而是「只會記得未來」；人們將不會打碎任何杯碗，而是所有碎片會自動復原合一。關於這樣美好的將來，我只知道一件事，就是很糟糕我等不到了。然而，每當記起這個可能，母親的盼望，和家常的神情，就不再讓我覺得自己像是某種瘟疫：我出生多久，我的第一個家，那間石屋也就蠻荒了多久。我想無論如何，我們重新定居了。像是宇宙已經在濃縮而空前擁擠了，我想像自己，知道自己一定會盡快好起來。

所以之前此後發生的一切，我想像自己早就知道了。我知道我們將搭乘運補船，跟軍人一起從清晨漂搖到黃昏，重回北方大港。運補船高兩層，一次載運百名離防的官士兵。當它關掉主鍋爐，藉慣性撥水，向港務局後方的軍港挺進時，看它顢頇的步伐，幾乎就能看見那些被柴油味，與嘔吐缸的酸腐味灌滿的船廂，在冷凝的海上低低冒煙。出了軍港，行伍被北方大港吸納。散兵游勇搶擠火車站和速食店的公廁換便服，再出來時還魂成人，小島在遠方，盡成夢魅。但下了船，母親是母親，我還是我。我們沒有別的地方要去了，所以我們在北方大港定居，繼續我們的演習，以便有一天能帶著祖母重回山村。

我知道有一天，母親將給我錢，吩咐我去那間冰店，練習以日常談話，點一碗八寶冰吃。我聽明白，點點頭，捏著銅板出門了。北方大港，陽光溶在夏末的海風裡，緊跟我不放。我的牙齦有一種酸楚的感覺。我邁開腳步，像彼時的我祖父那樣穿過鬧區。出鐵路巷，入魚街，面朝無盡的緣海之路。我累了，在階梯上坐下，從弧頂人行道，遠眺荒寂的海濱。海濱有兩所學校，一所國中和一所高中，中間隔了一條巷子。巷子日日上演群架，大抵是國三舊短褲組，對高一新長褲組。我知道，那是我即將參與的一種生活，順利的話，我將會是他們其中一員。可能得等到十年後，可能二十年，我希望不會那樣久。

我知道自己不是幽靈。在快將那位短褲男孩的耳朵咬下來前，我嘗試像個正常人，跟他解釋爲什麼我不能把錢送給他。可能一小時，可能一分鐘，穿過他的嚎叫，我看見山村史上第一位自認是瘋子的人，我的祖母，靜靜舔著雪糕，拖曳起她的房間，慢慢走向我們。多年以後我明白：記憶中，最初，那個懷抱著我，不時輕輕在我背上叩叩敲敲的人就是她；是她首先將我從野餐籃裡取出，讓我看見山村的光度。秋初的午後，最後一批在山村長大的孩子，最後一次繼承自由出入各家各戶的特權。他們將腳踏車往隨便哪家門口一扔，鑽進屋裡，拿磁碗，就鋁水壺，自己倒水喝。他們去掀開餐桌上的紗罩，用泥糊糊的手，從鍋盤裡捏冷菜吃。他們悄悄打開房門，從門縫溜入，貼著床沿，貓近在床板上打呼嚕的鬼老太婆。他們摳她的腳底板、擰她臂下吊垮的皮，或者沒來由地大吼一聲，看她悠悠緩緩翻過身去，彷佛世界都像一場睡眠。

他們離開鬼老太婆，繼續在屋裡漫遊。在通往閣樓的木梯下、在一片幽微的黑暗裡，他們辨出一個玩伴，最斯文最早熟的那位，正一動不動，窩在牆角邊。

玩伴擺指，要他們噤聲，順手指點木梯高處一架收答錄機。那是他從離家就業的姊姊房裡偷出的。收答錄機捲著空白磁帶，玩伴窩著看著，反覆側錄空氣裡的寂靜。那樣不言不語的某種單人遊戲。他們歪歪頭，表示沒有意見，靠著木梯，也陪同伴窩著看著。有人從口袋裡，拿出一把不知得自何處的糖果，與大家分吃。糖果有塵埃、有潮黴，有時甚至有股莫名的苦味，像是櫥屜角落，過期的老鼠藥。所有人都在，所有人都吃了。奇怪的是，沒有人會死，沒有人說話。聽著收答錄機在高處默默捲動，沒有人感到無聊。

那時，也沒有人意識到自己原來會長大。時間以一種理所當然的健朗，理所當然地停駐在原點。他們哪裡都能去，騎著那些離家的兄姊留下的腳踏車，他們哪裡都想慢慢地遊歷。世上無一處必須費力逃離，於是他們終究哪裡也去不遠。只有我祖父的莊園，能將他們阻絕於外，那裡之於他們，一如奇詭的異鄉。每日向晚，他們特意靠向他。

「走了。」「走了。」「去看豐年。」他們總是這樣說。

扔下腳踏車，爬上土壘，他們窺看山壁下那圈以鐵柱、以黑色塑膠網布圈起的高牆；窺看牆後灑落黑色木屑的蛇木、透明溫室，各種零餘散落的花盆瓦罐。夕陽初初沉入山頭，園圃斜鋪上一層靜謐的陰影，山頭外，餘暉沉落得愈來愈豔美。他們在暗處，他們看明處。黃昏在他們眼底，是一天中最亮最亮的時刻，比正午的大太陽都還亮，他們知道，他們就以爲世上所有人也都知道。

火紅的椿象，在闊葉植物的葉脈上群佇。塑膠網眼上，一顆蟻穴慢慢孵長著。篤篤的幫浦、淙淙的溪流聲，始終不斷。他們曾繞牆搜尋，卻找不到那條溪流。牆垣密合，無水流入、無水流出，彷彿溪流也穿不進我祖父的園圃，只好低伏下身，從地底黯黯穿過。

然而，「出現了？」「來了。」「豐年來了。」三個月來，豐年從不令他們失望。每天傍晚四點，他會散亂著長長的髮，兩眼空空，慢悠悠騎著一輛對如今的他而言過小的腳踏車，逆著光影，從園圃深處闖出。他讓過鐵柵門、闔上鐵柵門，用口袋裡一根粗鐵絲將門反鎖，騎著車，從土壘滑下斜坡，獨自向山村漫遊而去。他們撿起各自的腳踏車，跟在豐年後頭，像跟著村子裡那些癲瘋的獨老；像跟著山林裡那些從遠方敗退而來的流浪漢。他們叫嚷著，嘲笑豐年的怪模樣；嘲笑他肥大的墨綠色雨褲，嘲笑他沾滿泥土的雨鞋，嘲笑他乾淨無塵的白襯衫，嘲笑他捲起的袖管下露出的，那雙白皙的手臂。豐年之於他們，就像分成上下兩半似的。他們想像他在園圃裡，每日如山村人，以雙腳，勤懇地一厘一厘丈量過地皮；兩手卻始終閒閒晃蕩著，優雅一如異鄉紳士。

在小徑上，豐年停下車，伸出手，從枝椏間摘下一顆石頭般的土芭樂，放進嘴裡嚼。他們鼓起勇氣，去撳撳他的車鈴、拉拉他的衣角，朝他的髮間插草莖。豐年皺著眉，嚼著，思索著，手在耳側揮揮，像驅趕一群煩躁的蒼蠅。

「豐年，怎麼不走了？」他們問他。

他們回頭，望見豐年背後、小徑旁的榕樹蔭下，豐年的母親，我的祖母，靜靜立著，也遠望著他們。「玩得開心點啊。」她笑著揮手，對一頭亂草的豐年喊，也對他們喊。午後小憩讓藥力沉入血脈，全身清涼，她打心底覺得安適，快樂，而這些驅動她閒閒遊走。就像昨天的事，小小的豐年帶著一把沒有吹管的口風琴跑進她房裡，說他和樂隊的玩伴們遇見了一棵大榕樹。豐年說大樹會將一整年在它四周發生過的事，刻記在年輪裡，那很奇妙，總能融成一個無缺的圓。如果那年山村多喪事，人們在祭禮中，焚燒了過多紙錢與死者的衣物，那些溫度與氣味會讓樹的年輪向外曲折，波浪般延長，以容載更多的悲傷。樹都記得的，豐年說。

那時，每天睡前，豐年會自己準備好隔天該穿的制服，將家庭聯絡簿放在餐桌上，檢查一遍水龍頭和瓦斯管，然後才去睡覺。第二天清早，當她在廚房裡，會聽見他自動起床、整裝，收拾東西的聲音。他們一家，一起坐在餐桌前喝粥。她看著他，微風一樣輕輕推開門去上學。有時，那種懂事的輕盈，反而會將她獨自留在餐桌前稍久一點。她看向窗外，滿山頭蔥鬱的樹，想著他書包裡吹不成調的樂器，疼憐著山村沒有足夠年輕的事物，陪伴他們短暫的童年。後來怎麼了？後來當他們再回山村，他們竟也都長成像樹一樣靜默的人了，推擠無數的心事在心裡繞成一圈又一圈，彆扭得很；她奇怪他們明白了愈多事，就好像愈認不清人了。

背過豐年與孩子們，她繼續走。走在一個自小沒有離開過的地方，她忘了自己花了多少時間，才開始不再企盼外面的世界，才能讓散步就像是眞正的散步。遇到什麼人她都高興，偌大的世界裡沒有陌生人。剛下過一場雨，太陽初初又露出雲梢，遠境，近處，都顯得晶晶亮亮。在山路上，她望見一位陌生的年輕女人，頭戴一頂草帽，手裡提著野餐籃，慢慢朝著她的方向走來。她靜靜等著女人。走到她面前時，女人亦直直看著她，沒有表情，亦沒有說話。一陣高遠的風吹過，雨絲點點飄過她的臉頰，她伸手去抹了抹。就在那時，在她面前，提在女人手上的野餐籃突然竄跳起來，掀蓋彈開，從籃子裡伸出一雙手，像要擁抱她一樣。她嚇了一跳。女人不好意思地對她皺皺眉，一邊好像是順手，又好像是疲累萬分的人以最後一點點力氣，把那雙手壓回野餐籃裡，闔上掀蓋。然後一切就安靜了，她們相視而笑。她抱起野餐籃裡的孩子，讓他看見天光。她舔著歪斜的雪糕，遠望樹雨樹晴。彷彿猶跟在一頭亂草的豐年後頭走著，她看著野餐籃裡的孩子，擁抱另一個提籃裡的孩子，在反覆陳舊的道路上，這一切，不知怎地令她感覺像是奇蹟。她想著十年，二十年，半世紀，或更長更久的，一個人可以用短暫白天與短暫黑夜積蓄成的短暫人生，所包容、所環繞的歲歲年年。她慢慢走著，每走一步就老去一世紀，就更赦免了死亡的痛楚。她看見山總是那樣鬱鬱蔥蔥，那樣沉默無言，她因此靠向它們，疼憐地問：「你們怎麼把自己擠成這樣了？」

當宇宙空前擁擠，我知道，那是時間之中，一個最初與最後的問句。

□

「噓，安靜下來。」那位短褲男孩，我以爲自己這樣對他說明了。我知道在海濱那所國中，那片風沙滾滾的操場上，體育課時間，他和朋友們最常玩的，是一種他們稱爲「越獄」的遊戲。他們約定好，今天該由誰得到自由，然後製造一個空檔，掩護那個人，將一顆烙有編號的籃球，全力扔過操場的護欄。那個人就能大刺刺跑出校門，走向海濱空無一人的防風林裡，尋找那顆籃球，並且，獲得近一整堂課的漫遊時光。

我知道今天輪到他「越獄」了，他在朋友們的目送下走出學校。在防風林裡，他毫不費力就找到球了。他抱著球，遠離學校，逆著光，穿出林子，走上一條小街。他在街上來回走著，並沒有特別想去的地方，預期中，那種快樂的逃脫感，也並未眞的降臨他的心中。他盡量留連，只爲了不辜負朋友們的好意。他不由自主又走上那條弧頂人行道，在階梯上坐下，遠眺荒寂的海濱。陌生女孩的裙襬，所有人都厭恨的同學，遠方的光。他曾在這條漫長甬道裡，與他的朋友們一同追逐過許多必須莫名追逐的，有時，也練習表現得比原本的自己粗野。他練習索取，學習長大，在將要加入他們的我面前。

我知道自己終將放過他。我步下階梯，在那間冰店坐下，靜靜吃一碗八寶冰。陽光溶在夏末的海風裡，在屋外，緊跟我不放，將我圈禁在幽暗的斗室裡。我的牙齦有一種酸楚的感覺，像是終於在冰冷中，嘗出血肉的溫度。「你怎麼搞成這樣？」冰店老闆拍著蒼蠅，問隔桌一位雙腳打著石膏的熟客。「喔，我和我教練去玩滑翔翼。」熟客答。「結果摔下來了？」「對。」「那你還好，只是摔斷腿。」「不是，我摔下來的時候，根本一點事也沒有。」「啊？」「隔了三秒鐘，我教練下來了，一屁股坐在我腿上。」「喔。那你眞慘。」「我教練脊椎坐歪了，開了兩次刀，現在還在住院。」「喔。」老闆仍拍著蒼蠅，空望遠方：「那你還好。」

我吃完冰，抱著我掙得的一顆烙有校名與編號的籃球，走在回家的路上。零碎的話語，世界的種種碎片，我知道將來，我將不再想像另一些比我孤單的人，如何面對那片海濱，防風林，或一條死寂的街。我深感抱歉。

我以爲自己這樣對他說明過了：那是之後一切的開始，也是之前一切的結束。那是六月初的一個星期四。凌晨，下過一場鬼雨，無傷，世上壽命百年的還正在茁壯；朝生暮死的還正在死亡。當朝陽昇起，反射在大城城南所有加蓋的鐵皮屋頂，街巷所劃出的樓房，像雨林，蒸騰出熱霧。在他們的家，一個小孩對一位父親說話，說下午四點放學後，他將和同學留在學校做壁報，會到晚上才回家。小孩盡力了，雖然父親臉上經過特訓的表情，讓小孩無以察覺自己是否已騙過他了。父親看看小孩，整整他制服的衣領，多給他一些零用錢，足夠讓他吃晚飯。父親看著他下樓，彷彿也可以看著他揚長而緩慢地穿過市集裡的人潮。小孩抵達小學門口。小孩揮揮手，帶著看不見的玩伴，跟幾位看得見的同學打招呼，一眨眼，消失在大門後面。父親知道小孩一定會自己乖乖去上學。父親不放心的，其實是自己。

小孩走後，十分反常，父親沒有賴床。他隨即起身，下樓，又開動他的計程車。一整個早上，生意不錯。每當遁逃的念頭在父親腦中浮現，想開車過橋，離開大城，在橋下長滿菅芒草叢的河濱公園靜一會時，就會有人招手搭車，讓他又回到大城中心。上午十點過後，他空車來到大城邊緣，山下的山泉水站，將後行李箱兩個五公升大寶特瓶，就著水龍頭打滿水。山泉站緊臨產業道路，面向一片停車場，是為前往山上國家公園賞花的車輛闢建的。在非花季的尋常上班日，停車場上只零散停著幾輛計程車，計程車司機或群聚打牌，或洗車，或就在車內小憩片刻。父親一手提著一瓶水走回，看見一位認識但不知姓名的計程車司機將車門大開，把車內踏墊晾在車頂上，靠在車旁，神情凝重地吃一碗泡麵。

「你還在跑？留點生意給我啦。」司機跟父親打招呼。父親跟他點點頭，問他怎麼了。他用筷子指指車，說載到一家人，裡面有個小孩，他車一路開，小孩一路吐，把他吐到這裡來洗車。他問父親吃飽沒。父親看看他的車，看看他手中的泡麵，笑答，吃飽了。其實父親從起床到現在，還未吃過東西，卻並不覺得餓。他將水搬回行李箱，坐進車裡。從擋風玻璃向外望去，世界安好如常。他休息片刻，開車下山，前往大城火車站，去迎接小孩的祖父。

火車站四周，除非加入排班，否則計程車司機不好久停，以免引起其他司機側目。他沿車站建築繞行數圈，仍不見祖父出來，想了想，索性將車停在稍遠的巷弄裡，在大太陽底，向車站走去。陽光曬花了他的眼睛，他實在想不起來上一次，自己獨自一個人像這樣在光天化日下走著，是什麼時候的事了。那不可能是在他待過的任何一處軍營，不可能是在光武島上，甚至不可能是在他自小熟悉的山村。回想起來，自己其實是一個不擅長獨處的人，並且居然沒有警覺，從來沒特別想過讓自己學會眞的習慣獨自一人。「明天」是某年某月某日星期四，「昨天」傍晚，他的小孩特別問過他，提醒過他。他想著，笑了。星期四是看莒光日電視教學，發放日用品的日子，那時，身旁的眾人總會特別沉浸在一種軟懶的情調裡：他們在受教化，也在關閉感覺，進入一種休假的狀態。那一定是當他想起「今天」是星期四時，突然莫名感到如釋重負的原因，像是明白感覺到自己還能沉落。

他想起：早上，小孩出門上學後，頂樓加蓋小屋裡，那具宛如焚壞了的電話突然響了，要求應答。他怔怔望著一切事物突然跳起的懸浮小屋，良久，他接起電話。電話裡，十年未曾謀面的小孩的祖父，自己的父親提醒他，「今天」是小孩十歲生日。

清晨，和妻子等公車出山村時，他苦笑，對她說：「這可好了，我做人父親竟做成這樣了。」那時的他，想起一年前的夏末，他們把小孩放在站牌邊，躲起來，等看許豐年的計程車會不會出現，來把小孩接回大城，心中不勝唏噓。

他想起天透光他就嚷嚷著，說西裝外套的袖釦掉了，要她快縫。「褲子怎麼變這樣了？」他問。「我改過了，」她說：「合身點，比較有精神。」「縫好了。」她待他眞好，沒得挑剔，除了人痴傻一點；她爲他披上外套，審視他，笑說：「很帥，老帥哥。」他回身，坐在電話前，盯著桌子玻璃墊下一張紙；紙上有一組電話號碼，一年前，小孩留給他們的。「我覺得，」他轉頭看她：「許豐年不會想見到我的。」她看看他，同情地問：「要不別去了？」「不行，我答應許希逢了，今年給他慶生。」「小孩子，一年很長，可能忘了。」「許希逢不會。」「要不我陪你去，我也想去。」「妳要去見王醫師，要拿藥。」「不要見了。」「說什麼呀。」「要不拜託王醫師先跟我談，很快的，我沒話要說。」「怎能這樣麻煩人家？」他吼她：「別囉嗦，我要打電話。」

他帶她去醫院，在診間裡的帷幕後藏好她，再細碎叮囑她一遍。「我拜託過王醫師和護士林小姐了，他們兩位妳都很熟了，他們整天都會在。妳在這裡坐好，隔壁人家在工作，妳不要出聲。除非妳要上廁所，等人家談完走出去了，妳就去跟林小姐說，她會帶妳去。」「我不會吵人家。」「輪到妳，林小姐會來叫妳，妳和王醫師談完了，就回來這裡坐好。」「我知道了。」他用手中禮帽敲敲她膝上的小提袋：「中午妳就坐在這裡吃便當等我。妳吃完便當，瞇一下，我就回來了。我回來後再去幫妳領藥，然後我們就回家去。記住了嗎？」「記住了。」「好，我走了。」她看他轉過帷幕後，再拜託一遍王醫師和林小姐。她聽見他戴上禮帽，出去，輕輕關上診間門的聲音。

他去港務局後方，早市的麵包店選新鮮蛋糕。他選了一個盛滿奶油的，店員說那叫「波士頓派」。走出麵包店，他回望原來鐵路巷所在的街區，舊倉庫、有騎樓的紅磚房，都以一種對他而言，十分怪奇的方式保存下來了，像全新的廢墟。他發現巷裡，居然有人在拍結婚照；他愣了一下，提著保麗龍盒，趕緊走了。他搭火車，在大城下車，人多車多房子多，世界擱淺了，令他兩眼茫然。有人拍他肩膀，他一回頭，就看見許豐年。

許豐年引領他，走過火車站前無人的廣場，走向計程車。「電話裡你怎麼不說小孩四點才放學？」他追著許豐年，問他。「我們去學校接他出來，跟老師請假。」「怎能這樣？」他提緊蛋糕：「小孩不要寵。」許豐年停下腳步，沒說什麼，又繼續往前走。穿過馬路，走到巷口，遠遠望見計程車，「等一下，」他告訴許豐年，說他尿急，想回車站小便。他將蛋糕交給許豐年，要許豐年稍候，獨自穿過馬路，往車站走去。「你過馬路小心。」許豐年在他背後喊。「這個孽子，」心裡一陣苦澀，有生以來第一次覺得自己老了，他想著：「終於願意跟他爸說句人話了。」

他在車前靜立，看著父親離去的背影。他想，父親一定是在火車上一路憋尿，下車後，又一路想找一個乾淨點的廁所；大城轟騰的熱浪，讓父親失去依據，又想退回車站去。他深知父親，與父親所建造的廁所，山村裡那間孤伶伶的「會客室」。他將蛋糕鎖在車裡，追循著父親消失的方向走去。在車站一樓，第一處看見的公廁裡，他果然看見父親獨自一人，面牆，對著小便斗，嘩啦嘩啦把著尿，一面悠悠平視，搜尋著白色磁磚的裂縫。

「雜菜麵，乾切肉，白帶魚。」他聽見父親一面對牆尿著，一面喃喃念咒，嘴裡嚼著什麼，呆滯一如林雙全。他想著父親帶著牆垣來到他身邊，想著父親始終要他堅強。他想著父親的夢中板塊，父親如今抵達大城，要卸下了。直到伸出手，使盡全力重擊父親的後腦勺前，他都不知道，自己手上原來握著一把計程車上的拐杖鎖。發現拐杖鎖後，他也不能確定，那一下重擊，對父親有什麼影響。他沒有看見血跡流出，沒有看見父親倒下，也並沒有看見父親回頭，探查究竟發生什麼事。一切都像是假的一樣。父親像是完全沒有意識到那一擊，他把完尿，抖抖手，慢慢拉上褲子拉鍊，突然轉身，兩眼平視，直直從他身邊走了過去。父親的步伐平穩，一如他還沒換過腿前那樣，一如他一直以來那樣。父親不斷走著，直到撞上牆時，才受到攔阻。父親腳踢著，手推著，頭頂著牆，像是不服氣就這樣受攔阻，一心一意要衝破牆垣。他呆看著。良久，他扔下拐杖鎖，攙扶著父親，引領他，再次走過火車站前無人的廣場，走過那些恍若無人的巷弄。

他原先將父親安置在助手席後的後座，將蛋糕擺在父親身邊，但他不能阻止父親不斷不斷踢著助手席，彷彿仍在不斷想要勸服他說：只要父親願意，任何時刻，父親都是可以這樣一無所懼地行過海上，直直走到他面前，帶他回山村。他停下車，回身，輕輕捧起蛋糕，將蛋糕放在父親腿上，由父親抱著。奇異地，父親的步伐安靜下來，低著頭，不再吵鬧。

後來，他載著父親，穿梭在大城之中，帶父親去閱歷他曾去過的地方，生平第一次如此坦然無礙地與父親說了許多話。他開過小孩的學校；開過總統府；他甚至開到了山上的博物院。後來，他去到一處加油站，再將油箱加滿。後來，他再次停下車，扶持著，引領父親，走向前妻所寄居的地下室。他用放在胸前口袋的細鐵絲，輕輕打開她的門鎖，重新鎖好門。當他引領父親走進房裡，西北雨在門外，在他們頂頭，聲勢浩大地擊打下來。

在她獨居的屋裡，他爲父親洗了澡，像在光武島上，她家的澡堂裡一樣，爲父親清洗了身上的汗液與塵埃。他爲父親重新著裝。他爲父親吹乾頭髮，戴好禮帽。爲了安撫父親，他找到一面牆，讓父親頭頂著，腳虛虛踢著，以爲自己仍在前行。禮帽很快蓋住了父親的臉。他坐在一旁，不能抑制微笑在自己臉上漾開，久久不褪。那是當雨後良久，當她開門，與小孩走進屋裡時，他們所見到的，他的樣子。

那天放學後，生平第一次，小孩自己主動前去拜訪她。西北雨後，小孩睡著了。直到她雙手搭在小孩肩上，將小孩喚醒。她打開門鎖，引小孩走進她的居所，一間低於一切光照的地下室裡。她打開燈，察覺屋裡有人。小孩看見父親坐在一把木椅上，開心地盯著他們。小孩看見桌上的蛋糕，看見祖父面壁，直挺挺站著，頭靠在牆上，蓋在禮帽裡，像在假寐，然而鞋尖卻一下一下踢著牆。小孩想起很多事，想著自己從來就騙不過父親；想著父親向來就是個開鎖高手；想起自己，忘了曾邀請過祖父來大城過生日了。

「我們一家又團圓了，」父親呵呵笑說。父親要大家都坐進計程車裡，出發前往海邊，慶祝小孩的生日。在炙熱的車廂裡，在後座，小孩轉頭看向右手邊的祖父，首先覺得十分奇怪的是，祖父在他面前，變成一個如此沉默的人。就像父親突然變聒噪了。就像母親突然變得情緒化了。「跟大家說一個笑話，」父親還在嘗試閒話家常：「有個傻子，死了父親。」父親的笑話剛開了頭，母親突然就笑了，片刻，手摀著臉開始啜泣。

小孩覺得莫名其妙。他轉頭看向左手邊的車窗，想從那些在車陣中走停對望的人臉裡，看出事情還有什麼不同，或者，是否只是因爲他自己變得不同了，而自己並沒有察覺。當然，後來，在尚未抵達那處荒涼的海邊，看見那盤碩大的圓月時，小孩就完全意會過來，明白過來了，這次眞的懂得了。時至今日，他仍不確定是什麼使他懂得一切，也許是母親的哭泣，也許是祖父身上的氣味，也許只是因爲，從那天起，他滿十歲了，「形式運思期」悄悄啓動了，畢竟。

「我還沒死。我還醒著。」小孩聽見祖父這樣耳語。坐在後座，小孩身旁，汗水，淚水，尿液不斷從各個孔竅淌出，他像要把自己，要把膝上的保麗龍盒給溶了。他皺眉，看著最初被一個無謂的神諭給驅趕，最後如此挫敗的自己，歎口氣，想著：世間可以認眞的事，實在太少太少了。當許豐年最後一次停下車，他閉眼不看了，讓自己就像一直以來，極少觀看著什麼的自己。

他讓皮膚盛裝全身感知，他聽見熟悉的呼呼風聲，明白了，流著淚，笑了。他聽見正下方，極深極深的地底，自己的母親還躺在海村，躺在那張床板上，躺在多年以前他離開她時的那場病裡，只是已經死了。隨著她的死，海村被風沙給一次次掩埋，海王廟沒了，長街沒了，他外公的泥屋沒了，全都被埋進地底，成了未被發掘的考古現場。在那一切之上，在一片盡荒盡廢的海濱，即將放棄自己，讓生命終結的他，賣力讓頭偏移一點，掃過長街，丈量考古現場裡，他父親的泥屋所在的方位。他發現，差了大約一公尺：他的確比母親死時，離家更近。

「啊，」既鄙夷，又欽佩，他對滾回深海底酣睡的海王說：「我服了祢了。」「靜心養病吧，」他對地底的母親說：「我走了。」他走了，就像永遠沒有離開過一樣。

尿液，淚水，汗水從各個孔竅不斷淌出，他讓世界漫漶成海，淹沒了人間種種可見的牆垣與邊界。有人在喊他，他再賣力偏頭，看見自己的妻子，一家子裡惟一不會游泳的那個人，自由自在坐在澡盆裡，划著手，帶著便當盒，拖曳著宛如一艘舊船的老三合院，向他游近。他感動了：妻子再次前來，想再拉他一把。

「五個人，這才叫團圓。」他說。

回想一切，「他媽的，我眞壞事，」他眞想打自己耳光：「早知道就不尿了，像她那樣憋著不就行了。」

很晚了，他們要下班了。她把帷幕後方的暗室，等成了水氣深狹的浴間，他還不來接她回山村。沒關係，我等他，她瞇著眼睛想。她很聽話：除了該她說話時她出去說話，再沒有離開過座位；整天沒有勞煩王醫師和林小姐，沒上過一次廁所。她小聲吃了自己準備的便當，吃了小半個；猜想他奔波半天，回來時會餓，她留了大半個給他。醃漬蘿蔔，鹹菜，酒糟肉，都是他愛吃的菜哩，她微笑著。她照他說的，吃完收拾乾淨，瞇眼睡去。一直睡著，不醒來。

「別睡了。」直到他來拍她肩膀，她才張開眼睛。她看見他全身濕淋淋的，像掉進公海裡的郵輪侍者。暗室裡藍光粼粼。「跟他們說我去波士頓了。」他交代她：「還有，跟他們說妳瘋了，他們會照顧妳。妳不要吵鬧，靜心等著，他們會帶妳坐兩趟船，帶妳來找我。記住了嗎？」「記住了。」她說。

「我瘋了。」她告訴她。「嗯。」女人抱著她，厚黑的頭髮後，臉頰濕濕的。女人和小孩把她接出來，去坐第一趟船。「眞多謝，眞勞累。」她對醫師護士們鞠躬，謝謝他們的照顧。航行一夜，船抵達一個很小的島，女人和小孩帶她住進一間很大的石屋裡。石屋有兩層樓，有很多房間，浴間，還有一個大池子。沒有其他人了：他們三個人，睡在同一個房間裡，靜聽夜霧襲捲其他空房。「很快，再坐一趟船就好了。」每次睡前，她愉快地想。

石屋荒廢久了，家事很多，她慢慢做著，照顧她的室友。偶爾她也抽空，陪小孩去港口邊，一起坐在消波塊上，看遠方山壁，海燕繚繞，撲捕著飛蟲。小孩坐在她身邊，一次次努力練習再開口與看不見的誰說話，彷彿想證明自己，可以衝破沉默，可以練習與他人對話；可能好轉，可能接受世上每一種該接受的療程；可以儘快抵達另一邊，可以像看待揮灑著雨絲的大榕樹一樣，看待世上所有的眼淚。

很快，但也比期待的要慢很多了：石屋裡的家事還未做完，她就發現自己死了。她起身，首先看見小孩看不見的朋友，阿南與小王，在床邊怯怯觀望她。她望見散在空氣裡的陳佳賜；望見一島幽魂快樂飄蕩，穿梭冷牆，到樓下那些長滿雜草的浴間洗浴。窗外，無數砲彈與飛機無聲起落，星火燦爛，將島環繞得宛如永夜。

最後一次，也是第一次，她牽著阿南與小王，陪小孩走到港邊。她猜想，小孩終於說了「再見」，用犬山話，用任何一種他所知道的語言，一次一次盡力說著「再見」；但她猜想，小孩發出的，只是一連串尖銳而無可理解的聲響。小王和阿南看著小孩。良久，他們懂了，他們說：「他在學海燕叫呢。」然後他們陪伴小孩，盡力向大海吼著，如一群偶然駐足的海鳥。除此之外，一片寂靜。然後她看看小孩，小孩點點頭。然後她就放手了，讓阿南與小王隨海鳥走了，自由了。

在石屋裡，女人搜尋良久，找到一口容量最適合的提袋，來自人壽保險公司的贈與。他們把她裝進人壽袋裡，提著，去坐那期待已久的第二趟船。他們收拾乾淨屋內，掩熄爐灶，石屋也自由了。到了港口，過了幾天，再轉公車上山，他們把她輕輕放進地底。眼睛適應那最初與最後的幽暗後，她看見他的波士頓，看見遠處，一條清清淺淺的小溪；看見近處，他站在她眼前，那樣健朗。

「你變年輕了。」她審視他。「我不會變，是妳又老了兩歲。現在妳知道，死亡是年輕人的事了吧。」他說。她看見他腰上繫了一條長繩，拖行著一尊木偶。「那是什麼？」她問。「海王，一個幼稚的老頭，眞欠人管教，」他說：「我費好大勁，終於割了祂的舌頭；每夜潛進祂的夢裡對祂胡言亂語。」

死掉之後，世界變寬了，與角蜂、螞蟻、蚯蚓等小小的生命，住在大大的蠻荒裡。她和他坐在那條清淺的小溪邊，聽上方雨滴點點，如無聲的樂曲。女人和小孩定期回來看他們；後來，小孩成年了，獨自一個人回來，在新春時。沒有看不見的玩伴了，成年後的小孩還是安靜，還是在心裡說了很多話。在上方那個寂寥的世界，成年倚坐在雨中的廢墟，像船上的水手反覆勸慰自己：所有在海上作過的夢，並不必然都是蜃影。歲歲年年，地底的他喜歡這些定期沿海回收的話語：他抓起海王，豎直祂的耳朵，讓話語灌進祂的夢中，想更擾亂祂的睡眠。

然而，哪怕是最悲傷的詞彙，都曾經在晴朗的海面漂蕩過了。每年新春，一海之王的祂，只小小作著沒有情緒的夢。是年，祂夢見自己，知道自己將會勉力走到最遠最遠，折返回那個因祂而蠻荒的家，去向他們經歷不到的久遠將來。祂夢見自己依舊如此駑鈍，依舊倒退行走，在準備轉身正視將來中老去。祂夢見在搭船重返北方大港的途中，祂開始準備寫一封信給祖母。「親愛的祖母：」

祂夢見自己日日夜夜，嘗試再次把穩總是潰散的筆尖：「別擔心，如果人們再問起。」祂夢見最後，祖父的腿漂在冥河上，而祂自己，卻變回了最初相遇時的那個孩子。

祂夢見彼時的父親，總在廚房留盞小夜燈，那是在祖母房裡醒來，明白自己已經平安返回時，祂想起的第一件事。夜燈燈罩像頂漁夫帽，每搬進一個新住所，父親總從行李中先尋出它，讓它立在牆上。當橘紅色的燈亮起，牆就像有了眼睛，代替父親，探看他未曾見過的家常夜晚。當祂已不能記憶他們究竟搬過多少次家，祂還會想起那盞燈，寧靜地照亮他們幾乎從不使用的各間廚房。父親爲何總租住帶有廚房的屋子；以及，那盞夜燈爲何總立在廚房裡，而不是，比方說，多年後顯得那樣宿命的廁所，或大門所在的客廳？這是父親留給祂的兩個謎團。記得那時，將出門前，父親按亮夜燈，從廚房搬出一個容量五十六公升的橘色大垃圾桶，搬進陽台。陽台上，父親建蓋、用以召喚群貓的微型莊園，儘管祂悉心照料，根苗還是朽壞，終於全數枯死了。父親決定將它拆解，一塊塊丟進垃圾桶。隔著紗窗，發現祂在客廳裡靜靜看著。「那我開始囉。」父親微微抱歉地說。「好。」祂說。祂記得，後來，父親把那口裝滿塑膠盒與廢土的大垃圾袋，搬到樓下計程車裡，載到不知哪裡丟掉了。父親總是這樣，處理他們家常的垃圾。那夜，祂在廚房與陽台間反復走動，一趟去按熄夜燈；另一趟去重新按亮它。更後來，更多的日子過去了，即便在搬了更多次家之後，在祂心裡，那盞夜燈始終和阿發的離去緊緊聯繫，無法脫離。爲此，祂像父親對祂那樣，對他感到微微抱歉。

祂夢見自己變成父親，變成祖父，越過所有死去的年輕人，已成路人家族的最後一員。祂夢見多年以來，無眠的夜裡，祂在夢中爲「他們」搭建診療室。祂想去借來那盞夜燈，祂猜想，那是診療室內最理想的光照：便於「他們」促膝長談，在看不清彼此表情的情況下。祂猜想，祂想告訴他，祂並不眞的能理解他。過往的時光裡，倘若有一片刻，祂眞覺得自己明白他了，那是在最後的計程車裡，透過幢幢人影，與搗臉啜泣的母親，祂發現他讓車錶跑著，一路計算著里程與價錢。那使祂哂然，雖然，是無意的還是有意的，那是他留給祂的謎團之三。就這樣一路計算著時間，祂夢見就這樣日日夜夜，祂去按亮夜燈，在記憶的長廊裡，準確闔上那些溫厚的木門，一一廢黜門後的暗室。然後祂就回來坐好，坐在診療室的另一邊，耐心等待著：倘若「他們」終於不再問起，祂也就會甘心無言，永遠按熄那盞燈。

「蠢蛋，」是年，酣睡的海王翻了個身，嚼著消失的舌頭：「我早就甘心無言了。」

二〇〇四年六月—二〇〇九年八月

代跋

贖回最初依偎時光

克蒂斯能描述各種自己從未見過的事物：世界是詞藻的海洋，是沼澤，是沙漠，瞬息萬變地環繞他所站立的方寸之地。魯恩總看著朋友，七手八腳爲眼前所見的事實塗上一層又一層厚重的油彩，直到一切黝黑而可疑，不再是原來的樣子。……「朋友，」每一場戰役後，魯恩總對克蒂斯說：「您知道的，我但求公平一戰。」「我的朋友，」克蒂斯總是聳聳肩，一手敲著拐杖，一手扶起魯恩，對魯恩說：「只有讓他們在我的言語前，成爲需要嚮導的盲人時，我們才平等。對此，我深感抱歉。」我深感抱歉；幾乎每則歷險，都結束在這句話上頭。事後想起，這亦是整個童年時代，白紙黑字浮現在我腦中的最後一句話。

我讀童偉格，視覺上那翻動著空曠的場景如此像年輕時看的塔可夫斯基。但流動的詩意卻讓我想到以色列小說家奧茲，或較好時的石黑一雄。

等待，一個被遺棄的孩子。「時間本身，單純地讓每個人終成鰥寡。」一種時間的洞悉同時放棄。一種靜默的瘋狂，一種焦灼、緩阻，目視著學習老人們（後來你知道那其實是死人亡靈）如何無聲在這殘酷的荒原和時間中，慢速地活著，不，展演他們儀式般慎重以對，像某些要素被吃掉被隱蔽的記憶，「最好的時光」（但難以言喻的古怪）。

小說是這樣靜謐的獨自時光（也不是獨白或獨語），而是獨自感受著星光、流風、時間、大海、暴雨臨襲前的風雲變化，無害但存在於老屋或這座島各處的鬼魂。一個完滿的宇宙。

空間上它是一座島（或有兩個不同名字：犬山和光武島的不同兩座島）。這個島，也許譬似艾可的《昨日之島》，似乎泅泳過去便穿過換日線到被時間沒收的另一端；但卻又歷歷如照明燈下近在眼前栩栩如生的遊樂場。「我好像必須花上淺薄生命裡的數十個年頭，才敢向自己確認，也許，它將永遠如此靜靜的瘋癲，像宇宙中最稱職的療養院。」這個霧中小島有神話時期的父親，有史前時代的軍隊，有王爺府，有火車、鐵路，有校園、村落、家庭、鄰里親人……在這些地貌場所上活動並進行著什麼的人際關係。小說的大半本以上這個小說像在翻印著一具你找不到邏輯的視窗，一種村上春樹的末日之街，石黑一雄《別讓我走》那提供器官之複製人的寄宿學校，或瑪格麗特．愛特伍的《末世男女》、韋勒貝克的《一座島嶼的可能性》——是的，科幻小說，我們借著小說家的凝視，看著那一整片他描述出來的畫面風景，古怪又詩意，其實是童偉格將那「災難」的耳半規管從所有飛翔情節之鴿子的內裡摘除掉了，那變成一種「空望」。童偉格在晚近以單篇形式發表的一篇題名爲〈將來〉，奇怪的是，「將來」除了作爲這整個小說接近結尾部位的一個時間邏輯的給予，恰像是童偉格自《無傷時代》即發展出來的時光劇場，讓它們進入核爆過後的世界。計時失去了任何藉以形成描述人類存在之意義，與回憶相對應的是一個被永恆取消掉了的現在，那是一個死亡的時間，「已經」終結了，但無法在目蓮救母式的巨大悲願重建這一切枯荒無望之曠野的同時，「解決」那悖論的仍在前進的物理時間。

那讓人想起馬丁．艾米斯的《時間箭》。一部小說如錄影帶倒帶，時間是顚倒進行的，我們眼中所見，竟不止是動作的倒轉：抓姦的丈夫變成把妻子送給姘頭的皮條客，劊子手贈予死屍完整的身體和生命，噁心的糞便從馬桶的水喉上升吸入人的肛門，之後從他口中吐出豪華豐盛的美筵……「當生命倒著走時，一切變得美好了。」在童偉格的這個「將來」的世界發生著什麼事呢？一種保護著——甚至如在碎成破片的倒影世界裡傻笑著，如失聰者，如杜斯妥也夫斯基的「白痴」——《無傷時代》的，以超荷於「小說所能贈與、贖償眞實之空無」的願力——黏貼模型那樣「小小世界眞奇妙」的一個空間化的「白銀時代」（借王小波的書名）。那是我所能想像小說家用不可能之死物與屍骸，用一「借來的時間」讓它們活在宛然畫面裡（一座被大海包圍的島）。

所以這個只要用願力泅泳過換日線的「昨日之島」，一切都變換成白銀熠熠的「將來」，在「我想起來了」的魔術啓動之前，它們恆只是漂浮靜止於巨大標本皿內的死物（殘缺的曠野），一種內向封印於族類的環節們失落的「故事」。這種刻意返祖，剝落掉寫實主義以降強大復刻「眞實」的細節元素，使之類似神話（寓言）場景的「故事」，讓人想到巴加斯．略薩的《敘事人》：「因爲在馬奇根卡斯人中間有一個擔負著十分特殊任務的人，他既不是巫師，也不是巫醫，而是主要擔負著講述歷史的任務。這個人是講述事情的、說話的。不久前，馬奇根卡斯人還是分散的，孤立成一個小小的公社，有時是人數很少的家族團伙，因爲他們居住的地區是非常貧瘠的……不能組成重要的社會集體。這樣他們便完全分散、孤立的生活。馬奇根卡斯人稱之爲『敘事人』的人物是他們各團伙之間來往連繫的一種形式，有些像中世紀的行吟詩人，也有些像巴西東北地區尚存的流浪歌手，彈著六弦琴，走村串鎮，邊走邊唱。至於『敘事人』並不是唱歌而是講故事——既講他們在別的部落裡看到的事情，也講他們自己的經驗、公社裡過去的歷史故事、神話、傳說和個人編造的故事。」

這個在死者、祖先、昨日和將來間，傳遞故事（或夢境）的「我」，是一個退化症的畸人（譬如《鐵皮鼓》的侏儒奧斯卡，《最後一個摩爾人》裡的早衰症少年）。歷史在這個島因某種畫框外的重擊而擱淺了，所有人都停止在那故障的時刻裡，「一個人出生的地方，終於成了他們所能抵達的，最遙遠的地方。」停格，曝光，永遠重複。或可能，「我」的父親是個外國人（飛行員。飛機被擊落而被島民俘虜關在大狗籠裡），像瘋了時的老邦迪亞那樣以原人形象成爲猿猴般的展示物。眞到父親的國家戰勝，島民這一邊的國家戰敗了。「但是，『恥辱』

哪裡去了？『仇恨』哪裡去了？還有，『憐憫』哪裡去了？」「我」構造著父親的感受，凝視、獨白、頓悟。由這個退化症的「我」，「無傷時代」的「我」，慢速、默片、黑白膠卷地投影那個父親孤自面對一島之人的屈辱、仇恨和憐憫。這樣篩沙也似流光從眼前傾落，一種偏執的觀照，想看清楚無辜的每一個在場者是在哪個關鍵遭受侮辱和損害。其實其證物泯滅之哀慟一如舞鶴之〈拾骨〉。只是童的「祖先遊戲」之抒情核心更在「寬諒」。寬諒什麼？「我」的罪如迷霧包裹，層層遮蔽（他的祖先們並無罪啊，有的只是被剝奪、被侵侮、被壓碎了）。因爲「我」無法修補父祖們的壞毀？「我」故障了，這個僅能用如此艱難晦澀故事重建殘酷時光劇場之「我」讓想像中的父祖失望了？「當簡潔與溫暖，終於也像餘燼那樣將要消亡，對他們的每次猜想，於我就像傾巢的話語，去抵禦那個終將沉默的自己。」

所以這是一個「自己」之書。但那又是一個魯佛的《佩德羅．巴拉莫》的世界，所有死去亡靈的追憶、懷念、遺憾，全部進駐這個唯一活人（甚至他發現自己也早已死去）的意識。「我」負載著這所有沉默無告的祖先們那麼巨大無垠的苦難，「自己」是遺忘的荒原最後一隻稻草人，最後一根鹽柱，但我難改自己血液基因裡那善於苦笑、沉默、原諒，和畏敬海天的天性，「我已經無話可說了」。「我」，假定是複製自他人生命的贗品；但同時對抗這種複製，形成了楊照所說的「廢人存有論」：不給人帶來困擾，不與這世界發生過多不可測的連繫。

「我」養著「穿透了老王的心」的那隻小象；「我」在父親面前和看不見的貓玩把戲，這樣馬歇．馬叟式的和不存在、已離去的失落之物（親愛者）玩「他們仍在場」的默劇，「我」像捧著將要迸散碎落的水，那樣小心翼翼，那樣預示著「將要」，必然的失手。那個慢速連笑話都失去了該有的痙攣，「沒關係，笑話會等人。」或「好好想，你時間多。」「他」（在後來的章節證明是「我」的祖父）在「我」的夢裡，時光運鏡不斷往前推：包括「他」總是被陌生人騙走的母親；「他」在軍中承受那一次靜默荒謬的暴力，薛西佛斯式的浪費；「他」的父親爲了兒子的命運去找神乩打架，想收回海王之神諭，最後卻變成那麼悲哀、孤獨，那麼自由對羞辱的反轉冥想之死前時刻。當「自己的故事」退無可退成爲「箱裡的造景」——「『他的』山村如何被封固在一個更爲繁複的人造童年裡，和時間兩相遺忘，在地理中消失。他帶動一整幢病院，發現世界並沒有瘋」，只是變成一死者回返的霧中風景。「我全部想起來了。」從無言、失語而至這整個小說最後滔滔不絕的描述，「我」成爲那個之前因舌頭賈禍的海王，喚起所有人的記憶，「我深感抱歉」。「我」睡著了，在夢中造鎭，又用小圓鍬鑿毀整個島活人與鬼魂的阻礙；「我」，一種贖回的意志；「我深感抱歉」，爲著同時祭起這驚擾亡魂而融化已凍結的時光，讓不知自己已死的親愛之人們重演活著的時光。但那正是「我」和所謂界線外粗暴、快速、無感性的正常世界對決的「平等的話語幻術」。倒帶、透明，揹著快樂無害的他們在這片夢中荒原跑，從葬禮出逃，拉出這樣一幅浩瀚如星河，讓我們喟歎、悲不能抑、靈魂被塞滿巨大風景的「贖回最初依偎時光」的夢的卷軸。

附錄

細語慢言話小說

——陳淑瑤對談童偉格

陳淑瑤（以下簡稱「陳」）：看了你最新的小說，覺得非常厲害。你出第三本書的年紀是我出第一本書的年紀。你的文字很精細洗練，幾乎沒什麼贅字。我第一篇小說〈女兒井〉，評審老師施叔青一看到就知道這是個新手，文字很生澀，一個短篇居然有二十幾個成語，自己看了都怕，收進小說集前儘量刪掉。

童偉格（以下簡稱「童」）：我反而覺得在《流水帳》這麼大的篇幅裡，妳的文字質地綿密，耐心描述事物，是我做不到的。

陳：《流水帳》就是用流水帳的方式寫的。第一次得文學獎開心得不得了，得獎感言洋洋灑灑，說將來如果出書，第一本書就要叫作《流水帳》，寫一些吃飯、睡覺很瑣碎的事情。後來寫到第四本書才叫《流水帳》，全是瑣碎的細節。只有長篇小說的篇幅夠大，才能把很多的細節都放進去。

看到你的小說，有很多山村的描寫，是你從前生長的地方的縮影嗎？比如說：山村始終就只有一條大馬路，整山村還是只有一條靜靜的大馬路，等唯一一班公車出去，等同一班公車回來。這跟我生長的離島村莊好像。「村」這個字在木寸之間，有一次一個台北的朋友光是看到我的地址是某縣某鄉某村，就覺得很好笑，你怕不怕生活在這樣的地方？

童：我不怕，反而遺憾自己無法一直就這麼生活在一個「村」裡。沒有這種可能。我是在台灣北海岸的台北縣萬里鄉長大的，國中時到基隆念書，那時候每天通勤，坐那唯一一班公車，很早出門，天黑回來。如果公車沒來，或在公車上因爲太累睡過站，那麻煩大了。對我生長的地方，我偏頗的印象常是黑濛濛的，好像一直沒照到太陽那樣冷冷的。有時候讓我有點提心吊膽，好像一不小心就離家出走了。原則上我寫我成長的山村，但眞正寫時，是用印象中很多地方勉強拼湊出來的。

陳：你沒有把那些地名寫出來，是聰明的，任何地方都可以是你書中的山村。而我的作品因爲都把清楚的地名寫出來，便要背負地理歷史的一些包袱。

童：其實我記憶中的地方，常常是沒有人的荒山，我眞的不知道該怎麼明確稱呼。另外就是，如果要明確寫出地點，我很怕大家會就這麼看待那地方，給其他居民製造麻煩。剛剛說印象偏頗，因爲如果對應到現實，我的描述並不準確，那畢竟是通過我自己一廂情願的想像。我也怕大家問我「你們北海岸」如何如何，因爲我沒資格當北海岸代表。像我記得我讀過一則報導，說春天時澎湖毛毛蟲很多、很有活力，會過馬路爬上曬衣架，把晾在上面的衣服啃光光，所以今天我就一直很想問妳：「妳們澎湖」眞的這麼猛喔？扯遠了。我想聲明的是：北海岸是有晴天的，陽光照耀的海很漂亮，那裡的人寂寞的程度，和地球上的每位正常人差不多。不是我寫的那樣子。

陳：毛毛蟲是多，但沒那麼恐怖，如果把你剛說的發展成小說，可以是荒誕而又華麗的。要有人信以爲眞，那也太痴了！說不定這是個未來式。我從小在海邊長大，沒看過眞正的山，後來我才知道我愛山卻很怕海。我想寫一本書是以山爲題材的。對於我的鄉土我是又愛又怕的。早先想寫小說第一個想到的就是寫「井」，寫井底之蛙，就去書店買了一本書，張藝謀的電影劇本《老井》，沒有看完就寫了起來。你是怎麼開始創作的？

童：眞正開始嚴格意義上的寫作，是住在台北、上大學以後的事了。可能就像井底之蛙，或像妳的〈守夜〉裡那位掉到家附近井底的警察一樣，開始想搞清楚四邊，還有上面那片亮亮的是怎麼回事。所以寫作開始了，但是時間都亂了。

陳：我姊姊念高中的時候，我就聽到她抱怨報紙上寫的一句話：「澎湖女人台灣牛」，我姊姊回罵說：「台灣男人澎湖豬」，我牢牢記得，終於派上用場。你的《無傷時代》和《西北雨》都有上醫院的描寫，我覺得寫得特別好。一種很奇異、既冷又熱的氛圍。

童：大概是反覆修改的關係。電腦寫作的優勢，可以狠心，不斷重組結構。

陳：我寫小說，花最多時間在擦橡皮擦，擦得手好痠。到了不是擦掉能解決的時候，就興起謄到下一本的念頭，光這件事就花掉很多時間。要是坐在電腦前又會害人肩膀疼！怎樣才能提昇文字的功力？你常常讀詩嗎？你的句子都不會太長，飽含詩意。

童：文字問題的話，我沒有好方法，就是一直改寫。其實我詩讀的很少，等於無知，讀翻譯小說比較多。我覺得小說主要不是文字問題，像妳的小說，光看文字可能有人會說「散文化」，然後認眞擔憂起來。但我覺得很多用字華麗的「小說」其實是眞「散文」，本質上。

陳：也許吧，我一向都很喜歡看散文寫散文，有人會覺得這樣子不好。我希望很自由的寫，無拘於何種文體。

童：剛剛說「又愛又怕」，我感到好奇的是，如果有一個準確的時間落點，妳在書中所寫的年代，是什麼時候的事呢？因爲對我來說，那在寫作中實現的其實是現在進行式。妳在小說中所寫到的澎湖既然是屬於過去的澎湖，不知道現在澎湖又有怎樣的改變？那會對妳的寫作提出問題嗎？

陳：二〇〇九年因爲是六十週年，有不少關於一九四九的書出版。我的《流水帳》在這一年出版，碰巧遇上了澎湖的博奕條款公投，對我而言是特別有意義的，很慶幸這種人禍沒有發生，早先已經悲觀的開始做心理準備。現在的澎湖離我書中三十年前的澎湖已經有一大段差距，其實我在寫《地老》的時候，就對這些改變感到悵然。沒有回得去的家鄉。你的《無傷時代》中就有魔幻的味道，好像在現實中施了點魔法，《西北雨》更徹底了，復活鬼魂之類的東西都出來了，你喜歡人家說這是「魔幻寫實」嗎？

童：很榮幸，因爲賈西亞．馬奎斯的關係。對我來說，一開始是他讓小說寫作變得可能了，變難了，但是變單純了。

陳：我有一個朋友，在他遇到人生重大挫折，心情在谷底的時候，不能吃不能睡，書也看不下，重讀馬奎斯的《百年孤寂》一個字一個字念出聲音來，竟能讓自己產生堅強的力量，我聽了好感動，雞皮疙瘩都起來了。

童：我去年重讀了《百年孤寂》，還是覺得他一直講故事、一直講故事這件事很漂亮。把每個人背面的故事講清楚，包括死亡的背面。

陳：所以小朋友睡覺前會喜歡聽故事，因爲聽故事能忘記生活中的煩惱，帶你到別的地方去。

童：小朋友的煩惱喔，好像很有意思。所以我還是想說敘事的力量主要不是用字的問題，對我來說，不管哪一種譯本，故事的力量還是在的。

陳：當然，那麼會編織故事。據說你的《西北雨》整整刪掉了五萬字，幾乎少掉三分之一。你是整個段落拿掉，還是刪減文字？

童：兩個都有。所以我就想說不要再改了，再改下去整本就不見了，作品已經在自我瓦解了。

陳：我都只能修句子而已，小說的結構幾乎都不能有太大的變動，那太傷神了，對人腦而言。對於能在書寫中跳脫現實無限想像總感到佩服，我的想像力太弱了。

童：我的想像力也有限，不然也許《西北雨》不會是像現在這樣勉強留住的樣子。說是勉強，因爲我發現最高品格的《西北雨》，可能還是沉默，或徹底的無言，而這個核心其實違逆寫作這種行爲。我的想像力大致就停在這裡了。這麼一說，我覺得《流水帳》的設計倒是好玩的，因爲妳的結構就是「流水帳」，所以可以展開，幫助寫作呈現生活的綿密。我試過要按春夏秋冬這樣「自然」的時間模式寫，但我發現我能夠記得的細節，不足以撐起這個有序的世界，很尷尬。

陳：的確，細節是很迷人的。我以前無心能記比較多事情，現在是有心人，得依賴平常的記錄。《流水帳》是靠一本小小的筆記本寫成的，好幾年拿來拿去到處亂寫，沒有順序地隨意記下。著手這本書的寫作時，就好像在插花一樣，把已經採好的花擺設進去，當筆記快用完的時候故事也到了盡頭。接下來你還會繼續寫長篇或是嘗試其他文類？

童：我覺得自己是不太能寫嚴格意義的長篇小說的人，的確是，因爲親身確認過了。我會再想想。寫完《西北雨》，我想不要再寫鬼魂了，我會試試看關於活人我想知道什麼。至於散文，大概個性不合，我忍不住想要虛構。

陳：你不能那麼沒信心。

童：其實是因爲我完成以後，覺得沒有想像中的好。一直以來都有這樣的質疑。

陳：可是至少你在完成的時候應該有某種喜悅吧？

童：我沒有這種感覺。只有了結一椿事情，一種覺得「好吧我盡力了」的感覺。

陳：別人會把我們聯想在一起，大概是因爲我們都觸及了「鄉土」的議題，現在凡是非都市的、出現土地的都要叫「新鄉土」了。但我們的表現方式是大異其趣的。我總喜歡通俗、世俗的事情，每每得知一個眞實的故事，都會很珍惜，想辦法不要辜負它。但自己也會質疑，爲什麼老是受限於現實呢？爲什麼每一個對話都要合情合理呢？這樣的寫作會困住自己。而你的東西好像就自由多了，從一百公斤增加到兩百五十公斤的外婆，開堆高機的母親種種的不正常。對我這種膽小而正常的讀者是恐怖又帶諷刺滑稽的，好像到極奇怪的地方旅行。

童：我最近讀到翁鬧的〈憨伯仔〉，嚇了一跳，覺得用七〇年代後形成的主流論述法來解讀這篇小說，無法呈現它眞正的好。我滿期待被一體用「鄉土文學」統合的各種作品，以後能漸漸在光譜中被分別出來，比較細緻地呈現它們各自的特異。我試著理解「鄉土」這概念，發現它在二〇年代最初的台灣文化場域中提出時，是以整個台灣作想像範圍。這多少說明它的內在定義不比外部參照框架重要：因爲外部對應的框架不一樣，所以「鄉土」在二〇、三〇和七〇年代內在定義也變了。也因爲外部參照框架變了，所以「鄉土」這概念被從德國借到台灣時，才會從右翼滑到左翼，這麼一想，倘若我們執著於強調文學外的某些精神性的論述，那它再滑回右翼，恐怕也不會是太奇怪的事。我擔心的是這個。因爲這樣，現在學界所使用的「新鄉土」，在我看來基本上還是面向文學的，所以作出的分類學，或用此顯示我們確實沒有在思索外部參照框架，所以我們很「輕」，那未嘗不可。但假如專注在這個「似乎有」的浪潮，把很多明明異質的作品一直放在一起，可能就不太妙了。就我個人而言，我想我不是在寫「鄉土」，而是在寫對它的基本困惑。

陳：接下來你想寫些什麼？

童：下一部小說叫《田園》，正在寫，所以還不是很清楚。我的困惑是，似乎，在我生活的這個時代裡，眞的像柏格（John Berger）借班雅明的概念談過的，「平庸」和「鄉愁」間有某種神祕的聯繫：愈是平庸而可預期的，愈容易引發鄉愁，而我沒有辦法信任這樣的東西，滿怕以書寫故作天眞，像大人操著小孩的木偶，作者和讀者一起把知識水平拉低。我在想，有沒有一種更純粹的形式，可以避免掉這種故作天眞。

陳：名字都取好了，一樣會有農夫嗎？

童：有，傷腦筋，但這次希望他好好活著，然後神智正常。很不好意思，其實仔細想想，寫作與其說帶給我喜悅，不如說愈來愈讓我感到某種明確的歉疚感，關於我現在完成的作品，也關於我目前的這種生活方式，以及它給別人帶來的困擾。但這是寫作外的課題了，我會再想想。

（劉思坊　記錄整理）

二〇一〇年二月第七十八期《印刻文學生活誌》

INK PUBLISHING 文學叢書 251
西北雨

作　　者　童偉格
總 編 輯　初安民
責任編輯　陳健瑜
美術編輯　黃昶憲
校　　對　陳健瑜

發 行 人　張書銘
出　　版　INK 印刻文學生活雜誌出版股份有限公司
新北市中和區建一路 249 號 8 樓
電話：02-22281626
傳真：02-22281598
e-mail：ink.book@msa.hinet.net
網　　址　舒讀網http：//www.inksudu.com.tw

法律顧問　巨鼎博達法律事務所
施竣中律師
總 代 理　成陽出版股份有限公司
電話：03-3589000（代表號）
傳真：03-3556521
郵政劃撥　19785090　印刻文學生活雜誌出版股份有限公司
印　　刷　海王印刷事業股份有限公司

港澳總經銷　泛華發行代理有限公司
地　　址　香港新界將軍澳工業邨駿昌街 7 號 2 樓
電　　話　852-27982220
傳　　真　852-27965471
網　　址　www.gccd.com.hk

出版日期　2010年 3月　初版
2022年 6月　二版
2022年 7月 22日　二版二刷
ISBN　978-986-387-573-4
定價　330元

財團法人 | 國家文化藝術 | 基金會
長篇小說創作發表專案補助

國家圖書館出版品預行編目資料

西北雨 / 童偉格著 .--
二版 . -新北市 : INK印刻文學, 2022.06
面； 公分. -- (印刻文學 ; 251)
ISBN 978-986-387-573-4(平裝)
863.57　　111005757

舒讀網